獻給張森榮

未亡人情書

陳輝龍

Zoey的這本厚重隨筆，模糊的印象裡，我看過至少兩次。剛寫成的時候，和現在已經排成書稿的版樣。

不料，作者本人很固執的要把我寫的這兩頁頂多只能叫做「小說家讀後雜想」的東西放在一翻開就得從此看起的位置，關於這個，我覺得不怎麼妥當，所以，最好的讀法，還是直接由『最後一面』這裡開始閱讀，看到「我才明白原來自己的書寫全是愛妳的痕跡。」後，如果覺得意猶未竟的要讀第二遍，那我這個雜亂感想筆記，是可以派上用場，當成類似補充資料來對比，這時候，我這個，可能就是唯一的作用了。

我看完《祖母親》後，第一個念頭是這位用女兒身份、其實是孫女寫成的愛情敘事，居然這麼好看。好看的私人傳記，其實相當不容易，即使像我自己寫過這麼多故事的熟練職業隊員，也幾乎不寫自己私人親族的貼身記載，理由就剛剛講的，寫得好看是最高難度，然而這本全新作者的第一本長篇，竟然奇蹟似的配備了。

但是，能讓我這種對家族私人愛意傳奇沒太大興趣的人能順利、流暢的一口氣讀完的，除了作者費盡心力的組織邏輯外，似乎，還是有點什麼事，是引導讀的人繼續往下翻的動機。

拿平常我最喜歡的飲料，紅葡萄酒來說好了。每個喜歡紅酒的人，在各種場合打算選酒前，下意識總會閃過一些簡要的需求片語。例如：丹寧輕重、澀酸、甘甜……等等詞彙。而 Zoey 這本，對了，就是新酒有的那種澀感，這種 Dry 到沒什麼糖分的滋味，讓我在一些段落描述裡，願意在那個造句停下來，為她描寫的畫面想像一下。

像：

「真荒謬。我想都沒想直接吞下糖果，毫無甜味。我想見到誰？但我根本不知道誰死去了。所有圍著綠色圓桌的臉都很模糊，我站起身準備要找黑帽女人，這時奶奶從包廂外走了進來。

妳的臉好清楚。」

在情書發展到三分之一的時候，這幾行，乾燥的字眼把幻覺畫面構成了可能作者都意想不到的臨場感。

還有即將轉場的這幾行：

「小時候，我們家一定會有喜年來蛋捲。」

「我口中的『我們家』就是我和妳和爺爺住的家。記得客廳電視下方的奶茶色木櫃有一格放零食，牛軋糖、麻荖、蝦味先、椰子口味乖乖，還有桃紅色鐵盒裝的蛋捲，我偏好蛋捲。」

「回顧童年留下的幾件事，最難忘的還是和妳同住的空間，我睡在妳左手邊，床頭櫃上有一盞檯燈，一小瓶白花油以及我的芭比們。說到芭比娃娃，我唯一記得的細節是數量，我有十二隻，但她們不像十二生肖或十二星座各有人設。記憶裡她們大同小異，長長的頭髮，金色、棕色、黑色；大大的眼睛，藍色，綠色，咖啡色，她們只有這些差別，她們很無聊。」

「沒有人知道，床頭櫃上我最喜歡有著玻璃燈罩的檯燈。每晚睡前，我會替妳伸手碰觸它，輕觸燈座一下，橢圓形鎢絲燈泡全亮，連續觸碰檯座兩次，燈微弱。努力回想，燈罩上的圖案是花朵嗎？記憶奇怪，一下肯定、一下否定。」

每個字都清楚明快，但沒什麼雕刻過的形容詞，就像口語的旁白，預言即將離開的這個家，要到另一個其實才是自己父母婚姻構成的家裡的窘境。

好了，就講到這裡了。我一直以來，總是婉拒別人邀請對作品的任何感想或是推薦這一類的作業，主要是覺得自己這方面能力實在太差。

所以，只能寫到這裡，希望對作者和讀者，有一點點幫忙。

另外，整本看完，闔上書後，竟一直跑出來一段像自言自語的問題：

「過去，是從什麼時候開始變成過去的？」

最後一面

「老天派妳來。」這句話之於妳之於我，是開始也是結束。

首先發現妳沒有動靜的是姑姑，她從監視系統察覺到妳遺失了鼻息。

妳走的這天，我反常在六點醒來，距離鬧鐘作響還有一個半小時。

上午七點，放棄回籠覺，解鎖手機螢幕，我凝視那則靜悄悄的訊息，異常地冷靜，好像只是一則等待已久的通知。

凌晨五點，姑姑傳了一封訊息到全家人的 LINE 群組：

媽媽於今晨四點四十分離世。

街聲慵懶，人聲稀疏，潛意識驅使身體動作：盥洗、更衣、出門。

去見妳的路上，從沒碰過綠燈的路口通行無阻。腦袋一片空白，忘記留意導航，錯過該右轉的路。腦袋一片空白，跑出妳在守護我的念頭。眼淚和天氣同進退，天母陰天，眼淚含在視網膜裡。五楊高架大雨，車裡的我大哭。雨點時大時小，眼淚也應景。

抵達姑姑家，來到妳床邊，夢境般找不到時間。四張紅色塑膠椅排排站在妳身旁，流水席會出現的椅子，沒有靠背的地方，體重稍微沒控管好壓下去會歪掉或直接爆裂的那種椅子，紅得不帶喜氣，紅得廉價。我看見妳的媳婦和女兒坐在上面的背影，塑膠感忽然變得厚實，好像連椅子都知道——現在必須堅強。

她們陪著妳，嘴裡不斷朗誦佛號：南無阿彌陀佛……

我也坐上紅色塑膠椅，沒想到椅子極度不爭氣，一副作勢要垮掉的樣子。這次換我撐著，南無阿彌陀佛、南無阿彌陀佛、南無阿彌陀佛……

南無兩字代表皈依，妳歸命佛祖，妳解脫了。唸佛號時，腦中總出現妳雙手合十的模樣，那是妳每次和我告別的標準動作。

情緒可以被收拾。曾聽聞朋友拿電扇砸老公，還送急診縫了三針。後來，他們一起去諮商。聚會時，她分享臨床心理師教的方法，「當妳氣到想毆打妳老公時，記得先看向遠方，隨便找個物體，在心中描述一遍物體的形貌，以時鐘為例，妳要說：那裡有顆銀色的時鐘，上面刻著四個數字，十二、三、六和九，目前時針走到五，分針在十二和一的中間。試試看。」我坐在妳身旁，利用觀察冷靜情緒——妳僅露出一張臉，其他都不可見，我用牙醫視角注視妳的臉，面無表情卻變幻莫測。妳剛剛皺眉嗎？現在看起來在微笑？我越專注，越不確定妳的臉部肌肉變化是否為真。

唯一的動靜來自冷氣觸碰妳的灰白髮，髮下的前額，青漸漸轉白，眼周的黑慢慢不見，我期待妳的眼神，無論是殷切、充滿熱忱、嚴肅或最後渙散的，但妳已無法和我四目相交。

想起和妳的最後相見，不過幾天前，如今卻成為隔世。

那天，我一樣坐在妳床邊，看著硫酸嗎啡不斷把妳往夢裡塞，但妳的沉睡伴隨著巨大吸吐聲，有種宣示存在的意味。我任由妳的呼聲朝我呢喃。

妳的新居所方方正正，一張升降床、一台折疊輪椅、一座三門衣櫃，裡頭衣物放不到一半。鑲嵌在天花板裡的燈冒出3000K的光，泛黃了牆的上緣。視線隨光爬行，隱隱約約看見像掌紋般細的線條。面對床的牆上掛了一台電視，電視上方有顆圓形的鐘，秒針不停地跑，旁邊掛著一本月曆，無記事。

妳躺在床上任時間走，任日子閒。

妳醒來，我蹲在妳床邊，望進妳的眼。妳的眼珠好似鍍了一層膜，像雞湯上浮起的油包覆視野，妳凝視我，確認自己的神智，在世或不在世。

妳說妳在等我。

我來了。妳聽到這句話後點了點頭，好輕好輕。

我伸手碰觸妳的額頭，有層泛於角質上的水氣。我彷彿看見妳的手落於我的臉頰，撫去我的不捨。

照顧妳的人介入了這幕，她打開日光燈、掀開薄被，直接以手心貼上妳平坦的胸，像替孩子拍背般來回撫摸，擦去妳身上的汗水，又拭去妳臉上的濕潤。我直視妳被照顧的模樣，妳卻要我回避。我把房門關上，留給妳隱私和尊嚴。

我等待妳，如同妳等待我那樣。

這位照顧妳的人和我同齡，有一個三歲的女兒在印尼。記得她剛到家裡時妳覺得她名字難念。聽說巷尾的吳媽媽替看護取名為阿信，妳也打算為我們家的新成員取個小名，想來想去決定叫她「阿梅」，但每次叫她都沒反應。說起這件荒唐的事妳又氣又笑，我應該說了妳兩句，不要這樣，可以想成諧音：李玲。後來妳改口叫她玲玲。

玲玲打開門，把妳送至我面前。妳坐在輪椅上，望向遠方，眸色混濁；又望向我，瞳孔緊縮，好像我是遠方來的一個人。

「把蘋果拿出來。」妳對玲玲說。

「沒有蘋果。」玲玲打開小冰箱，看向我又看向妳，有點慌張。

「只有西瓜、葡萄。」她試圖與我說明：「太太昨天買了西瓜、葡萄、鳳梨，鳳梨吃完了。沒有蘋果。」

「青色的蘋果。」妳重複一遍。

玲玲端出一個碗擺到妳面前，碗內交錯青翠和黯淡的紅，「妳吃。」玲玲對我說，她理解的意思是阿嬤要她端出來給我吃。

「我不吃，謝謝。」我不喜歡這兩種水果，尤其討厭。妳應該知道，所以妳說了蘋果。在妳腦中我愛吃蘋果。

兩年前，妳切掉僅剩的左乳房，那是癌症第四次找上妳。我帶蘋果和櫻桃去醫院探望妳。妳兩眼無神說了好多話，但我只記得妳說：「這些我不喜歡。」我問妳喜歡什麼水果，妳反問我怎麼不知道，「葡萄、木瓜。」那次我把妳的喜好狠狠地記下。挖回兒時記憶，裡面確實好多好多的木瓜與葡萄，但我只將蘋果和水梨保留下來，妳喜歡的，與我喜歡的。

妳緩緩移動視覺，叫我再靠近一點，直到我的耳朵貼近妳的唇。

「妳……是不是缺一筆很大條的錢？」原先妳瞳孔上的膜像霧一樣散去。

沒有啊，沒有。我一臉錯愕。一早我就接到電話，妳問妳的女兒，妳女兒的女兒打電話問我。我沒有離婚，也沒有結婚。

「我聽妳姑姑說，妳外面有男人？」這句話用盡了妳全身力量才全盤托出，但妳又改口說妳夢到我離婚。妳不斷重整思緒，這時我才串起妳的腳本，首先問我是否離婚、是否缺一筆大數目的錢，現在問我外面有沒有男人。原來妳夢裡的我外遇了。

我眉開眼笑。但妳詫異的面容彷彿在說：什麼世道，妳居然笑得出來！

「我沒結婚，怎麼會離婚？」

「妳們年輕人，在大城市做了什麼我怎麼知道。」妳說。

「如果我結婚都不告訴妳，離婚又為什麼要告訴妳？」

「妳是不是有麻煩，我幫助妳。」妳說。一種信誓旦旦的眼神。

我一陣鼻酸。

明白妳掛心我，希望我有個歸宿，希望我有人照顧。想起毛姆某篇短篇寫過一句：「女人就算離婚也比沒結過婚強。」

我看著妳在輪椅上打瞌睡，沒多久後，玲玲把妳推回房裡。妳在人生最後一段路上與夢共處，而我在夢想裡與生存打交道。

常想自己應該要放棄一切陪妳走過這段時光，如同還未滿周歲的我被送到妳身邊，陪伴妳和妳身上的苦難。如果說，童稚的我曾是妳的慰藉，那長大的我是不是也有責任守護妳？我把背負一項使命的心情注入血液裡，從妳開始安寧療護，我就日日夜夜等待，準備妳真正離開的那一天，等待妳的軀體不再可見，無法觸摸。我想像再也不能接近妳、不能擁抱妳、不能親吻妳的臉頰與唇瓣——我提前處理妳的喪事，每天都在處理，宛若軟體更新，一點一滴介入認知系統，一點一滴說服自己。人們是如何比喻這件事的？有如施打預防針吧，我天天為自己施打一劑妳隨時會死的預防針。

但我沒想到離別前妳對我說：「老天派妳來。」

貼近床緣，我才聽見下一句話：「妳穿得這麼整齊好看。」

有氣無力的音頻震動了我整個心臟，血液宛若冰封。

我摸了摸妳的白灰髮，像安撫小孩子的方式對妳說：妳這麼好，老天還沒要讓妳走的意思喔，我們還有好多面可以見。

「看見妳好的樣子，我可以放心走了。」奶奶緩緩吐出這句話。

初終

太多不忍心全包含在同一天。

午時末，禮儀公司的人抵達。

「擔架上不來，得揹下去。」兩個男子環視空間後說。

儀式開始。

父親跪在妳的電動床前，告訴妳要「動身」了。在場的女性由男人帶領，一個指令、一個動作地跟在後面向妳跪別。我問禮儀人員可否摸妳，他們點點頭。我貼近妳，感受妳的溫度和氣息——最後一次握手，妳的掌心冰涼柔軟；最後一次親吻，妳的臉頰濕潤還依附一層油脂；最後一次擁抱，妳的身體殘留著餘溫。

儀式不宜拖延。禮儀師指示父親拿起手尾錢，爸爸看起來很茫然，啜泣後才開始動作。

我目睹每個環節，每個環節都相當陌生。

兩位禮儀師雙手合十對妳鞠躬，他們一個人拉開白色塑膠袋拉鍊，另個人準備移動妳的皮囊。

請你們小心一點，拜託。我聲音尖細微小，挾帶爆哭的衝勁。

「嗯，我們知道家屬看到會不忍，但政府有規定，要防止病毒和細菌。」

禮儀人員試圖解釋，並投以一束貌似安慰的眼神。他們動作熟練，一人從正面環抱，另一人將下身迅速抬起，兩人合力把妳的肉身裝進屍袋。短短一百八十秒，我的心有如被擒住，當血液回流時竟四肢癱軟，定睛回神，妳……怎麼像一件物品？

眾人合力搬運妳，一人托住妳的肩臂，一人撐住妳的腰進入限重四百公斤的窄小電梯，男人們扶抱一只直立的白色屍袋，不見形體，只存在重量。

男人們面色凝重，額上冒出汗珠與青筋，看得出他們使出全力抑制癱軟的七十五公斤下滑。突然，我偵查到離地面最近的白仍不聽使喚留在電梯門外，急急忙忙上前蹲下，用雙手抵住妳的腳底，電梯門才得以闔上。

「有直系血親可以陪嗎？」禮儀人員邊喊邊用手拂去滑至顴骨的汗水。

「我不行，媳婦可以嗎？」父親的語言和他的雙眼一樣迷惘。

「媳婦喔，最好不要，畢竟是娶進來的……沒有男生嗎？或是本家的。」禮儀人員左右張望。我走上前問爸爸，我可以嗎？父親沒有應答。一旁禮儀師回覆：「妳陪奶奶吧。」

妳的遺體被安置在擔架上，蓋上一款褪色的銀布。我在靈車上陪妳，持續頭痛，不確定是哭泣的關係或其他神秘的存在。

抵達殯儀館，我們圍在擔架旁，禮儀師拉開無孔白色環保袋請家屬確認。

大家點點頭，等待下一個指令。

「好，跟媽媽說要進去吹冷氣了，說完轉身離開，不要回頭喔。」語畢，禮儀師和父親耳語，身體進去冰櫃後盡量不要領出來，一是會打擾到亡靈，二是皮膚接觸到空氣不好，比較容易泛黑。所以，還有什麼重要的人沒見到最後一面嗎？

我凝視說話的人和聽話的人，直到父親搖搖頭，他轉身，我才跟著轉身，與妳分別。

與妳分別後我去探望爺爺，一種莫名的驅使。

「妳知道了？」爺爺對我說的第一句話，那眼神宛如穿越時空，共同經歷無邊的見證。

「我不忍心叫他們通知妳……」爺爺說。

我點點頭，告訴他我有見到妳最後一面。

「她像睡著一樣，好安詳。」爺爺說，他了一樁心事，哭了。他的淚水搶先代理我的痛苦，使我意外堅強和壓抑。

玲玲在旁觀賞悲歡離合，那雙眼冷靜卻不安。她告訴我爺爺很緊張，爺爺也主動告訴我：「今天好奇怪我一直想上廁所。」他說回家途中便溺在車上，這是他第一次跟我分享如此私密的事，有種妳在和我說話的錯覺。

很努力想扮演大人的樣子，但我還是躲到妳二樓的房間裡——空了五個月的空間仍瀰漫一絲妳留下的氣息。轉動喇叭鎖，開啟一扇茶色木門後迎來一片窗明几淨。我像走進一個場景，觀看妳曾經在場的身影。左手邊靠床的小沙發，妳在那閉目念佛，右前方胡桃色化妝檯上有一面立鏡、一台血壓機和生鏽的酷企鵝閱讀架，妳每日早晨在此整理儀容、抄寫血壓和讀經。陽光從桌前窗戶灑進來，妳說感覺到有「聽眾」聆聽妳讀《地藏經》，很難唸，很費勁，但為了看不見的聽眾，妳堅持著。

坐在妳的化妝檯兼書桌上，我撫摸那薄薄的一層灰。打開抽屜，發現一張拍立得，不確定由誰掌鏡，畫面裡我坐在妳和爺爺中間，兩隻手環繞妳的肩和妳臉貼臉，爺爺則輕輕摟抱我。三張臉的眉眼如海鷗展翅一片晴朗，但我內心卻無比激動。很抱歉，我翻閱妳的東西。

回租屋處的路上，我覺得自己太心急，太早整理妳的遺物，想挑選妳留下的身外之物，就像在搶購限量商品。虧欠與難過讓我一度看不見前方的路，一陣陣驟雨和我的哀愁較量，激烈了車裡車外。

腦袋千頭萬緒和想對妳說的千言萬語，我意識到家快要不見，一個巨大依靠只能思念。

到家後，我和室友分享一整天的流程，似乎自己必須這麼做才能把扎在心上的一根根異物移除。

奶奶的身體被運離之後，禮儀師和我們介紹靈位。狹長的空間被分成兩邊，兩邊各有一排單門櫥櫃，妳知道那種玻璃與木頭結合的展示櫃嗎？玻璃的地方通常會擺裝飾品，國外買回的紀念品或相框之類的，所以關上玻璃門還是可以看得到。我記得小時候家裡也有類似的櫥櫃，不過是雙開的玻璃門，裡面放了一罐川貝枇杷膏。如果我不舒服，奶奶會倒一湯匙要我喝掉。反正就是那種家裡都有的櫃子，但今天禮儀師介紹時，櫃子彷彿一座展台，陳列各式各樣離開的人。

接著禮儀師打開木櫃上層，一個盥洗的水盆和一瓶潔膚品；木櫃下層空無一物，他提醒家屬放一套輕便的衣褲和鞋子，讓奶奶可以出去走走。然後他說了一句：「當然是象徵性的。」

象徵性的，妳不覺得這個用詞很高深嗎？有點學問，有點想像空間。我自問自答，繼續敘述，關於祭品，釋迦、鳳梨不能拜，成串的也不能拜，例如香蕉和葡萄。但奶奶喜歡吃葡萄怎麼辦？我問禮儀師。

「如果奶奶喜歡吃，折衷作法是把葡萄剪成一顆一顆，不要一整串拜喔。至於木瓜比較少人拜啦，家屬不忌諱也沒關係。」他說。

大部分的話都是禮儀師在宣達，好像老師對著一群小學生。

面對死亡，我們都是新生。

「對了，媽媽吃素嗎？」禮儀師問完接著解釋，公司每天會替家屬準備兩餐祭品，早食只有素的，但晚膳可選擇葷食或素食，價錢一樣。

「除了早晚餐，你們還會做什麼？」某位親友提問。

「早上會有人換一次臉盆的水。」他說，「這些本來都是家屬要做的，但我們幫你們做了。」

隨後他為親屬導覽公共區域，置物室裡幾座鋁架，每層都貼上手寫亡親姓名的紙供家屬放置物品。

妳的櫃位上空無一物。

大家盯著一旁層架上的金元寶和蓮花。

「這些都可以和我們代購，或自己做。」禮儀師說。不確定他是感受到在場親屬的無知或商機，又接著說：「不要太在意，摺蓮花其實是守靈打發時間的一份心意，但現代人太忙沒時間守靈⋯⋯很多事就交給我們吧。」

這像不像一場聯展？連不被展示的地方都充滿著觀看。而死者作為一件作品般，異常地公開。

遺體接運儀式完成後，我和姑姑吃了一頓便餐，問起妳何時放棄治療，她竟嚴肅地糾正——安寧照顧不叫放棄治療。她提起妳不畏病痛，積極治療的過往，我也喚起一段記憶。

「我的報告被送去美國，應該可以接受一種最新的藥物實驗。」妳說。

一切還有希望，妳會再打上一場屬於自身的仗。但妳不知道乳癌病灶已轉至骨頭，癌細胞像頑皮的孩子，成群結隊在妳體內四處亂竄。

妳每週施打兩劑三萬元的癌骨瓦，以及各式對抗癌細胞的化學組成。癌與藥物同時侵襲妳全身。

「我一發現身體有不對勁就會和妳姑姑講，安排時間掛號、檢查……」妳說就診時最恐懼醫生閱讀病理報告的幾分鐘，那感覺就像法庭上的罪人等著法官定罪。惡性腫瘤，切除，但若是癌症便如宣判無期徒刑。

這場病是座困住身體的牢，偶爾風寒、偶爾酷熱，妳嘔吐、盜汗、食慾不振，還有一道道按時隨餐送進牢籠的毒藥，強悍如鞭刑，張狂地在妳身上掠奪，使妳無法起身，無法逃離，無法正常度日。有幾週妳的牢變成地窖，不見天日，家人們紛紛通知彼此情況不樂觀。

我回去看妳，妳躺在床上一動也不動，整張臉慘白。

「妳有沒有想做什麼？」

「我什麼都不能做。」

「妳想過不吃這些藥嗎？」

我的冒失彷彿只是一個真誠的好奇，振動妳的聽覺。妳連呼吸都停頓了。

「有些人不願這麼痛苦走完人生最後一段時間，選擇自然地面對……」

我不知道自己到底說了什麼，但出發點只是不願妳被藥物控制到無法下床、無法言語……妳轉頭怔怔地望向躺在妳身旁的我：「可以嗎？」

「國外電影都有演，可能不再使用這麼強的藥物，讓妳恢復一些精力去決定最後還想做的事。」但我明白電影裡的那些不完全真，癌逝前，癌細胞會癱瘓所有器官，讓人只能躺在床上等待呼吸停止。

「怎樣都是死。」妳突然燃起一絲不再痛苦的希望。

妳評估許久，最終在六月某一天宣告拒絕積極醫療權，開始緩和醫療。停藥後，妳的胃口好轉了一陣子，精力卻時好時壞。

夏去秋來，家裡多了一個成員，玲玲來了。初冬，妳病情惡化，帶著她長居姑姑家頂樓，直到最後。

時光倒回妳第一次搬去女兒家——「她說：媽，妳要不要搬來和我住一陣子？」妳轉述，人老搬家是一大磨難，但妳必須換一個環境，於是妳毫不考慮地答應。馬上收拾好行李要姑姑把妳載走，像逃難一樣。妳什麼話都跟我說，說得有聲有色——妳住的地方有電梯，離醫院走路不用五分鐘，最大好處是妳不用操心午餐和晚餐，姑姑每日詢問妳的食慾，替妳張羅。妳說像去度假。

想看望妳不再是回家，而是拜訪。

有次去姑姑家探望妳，屁股尚未坐熱，爺爺也來了。他柱著枴杖，心急地貼到妳身邊。

妳正襟危坐看向在場兒女，包括我，就是沒有直視妳身旁的老先生。

老先生深情地望著妳：「妳要吃藥，問醫生，好好養病。」他遲緩地將一字一句說清楚。

我在妳和爺爺兩張臉上來回移動，發現他泛淚。

「我等妳，我等妳回來過我們的日子。」爺爺哽咽地講完這句話。

這場面很難得，大男人心態一輩子的外省老兵依著妳、懇求妳、等待妳、擔心妳，但妳卻冷冷地回了一句：「我不要。」

我想把這個陌生的家庭劇拍攝下來，但沒來得及，也還好，我毫無分心地感受了你們之間。

出生

我追尋妳人生的時間軸，拼湊那段我還不存在的歷史。

妳去世第四天，禮儀師協同道士和家屬召開會議，要家屬確定發喪日期。

「媽媽是哪裡人？」

在場的孩子同時回答竹東和芎林，我納悶妳的原鄉到底是哪一個？小時候陪伴妳回娘家或到新竹探望妳的姐妹，那些記憶卻只剩下菜包、貢丸、紅龜粿、草仔粿、炒米粉、筍乾、鹹湯圓……

記憶得喚回，才叫回憶。

我去了一趟新竹。

從火車站前攔了一台計程車，司機姓廖，竹北人。

外表上了年紀的喜美，內裝打理得不錯。車子悠悠哉哉繞經新竹市區，隨即駛上台68線，沿路風景從大樓林立至山巒綿延。

請教廖先生，除了小黃是否有其他交通方式到竹東？「火車。」他極度省話。

嗯，但火車一整天只有四班，如果搭十二點半的區間車，抵達市場攤販都收了。他聽進去我的話，想了想：「那沒有了。」口罩內冒出一聲呵，我彷彿瞧見他也無可奈何的臉。

駛離台68線，道路兩排全是檳榔攤，沒有西施。一切很陌生。

抵達竹東中央市場，五百二十五元。陌生感開始剝落。

上午十一點零五分，連水泥地面的反光都刺眼。我像小狗走失，四處張望，沿街林立的攤販傘，食材琳瑯滿目，熱絡的空間猛然把我帶回兒時，妳說：「牽我的手，跟好喔。」

人辨認情緒需要情境，陌生感全數脫離我。

大風草、福菜、客家桔醬，戴斗笠的阿婆膚色黝黑滿臉皺紋，朝我微笑。

我繞過米苔目、水晶餃、素食炸菜，鑽進已然收攤的早市裡。

「請問你們知道賣豬肉的美麗嗎？」我駐足在豬肉攤前。

「妳要找人嗎？」穿著汗衫的老闆叫來其他人，替我詢問。

拿出妳和姨婆的合照，畫面角落有張大面積糊焦的、稚嫩的臉，當時我也許四或五歲。

「對啦！她！妳知道滿家香嗎？」

我搖頭。他走出攤位指路，「走到底亮亮那裡，看到一個大招牌嗎？滿家香，左轉，應該可以找到。」

遠遠的，和記憶一樣遠遠的，我看到轉角一家L型攤位，豬各部位平放在銀色檯架上，老闆駝背望向熙來人往的喧囂。我打破一隅寧靜，「姨婆——」她先應了聲：「欸——」才開始找尋發話者，她端詳著我，沒喚出我的名字。

姨婆幫助我喚回一點點妳曾分享的童年，妳在我們的對話中活了過來。

妳出生在二戰期間，確切日子不詳。

認識妳之後，我相信妳是雙子座，誕生於六月的某一天。妳有三個兄弟，一個姊姊、兩個妹妹，妳排行老三。妳的名字和其他人姐妹不同，沒有美或鳳字，妳的名字中性，像高緯拔的森林，聞得到雪松的味道。

妳生活在人口僅一千六百人的九芎林庄，一幢幢用泥土灌溉的土房子，冬暖夏涼。

王爺廟後面有間三合院，是妳的家。

我始終難以想像不到兩千人的村莊景象，臺北一零一大樓裡面上班的人，恐怕就超過一千六百人。貼身一點帶入——我承租的小套房是棟地上七層的老華廈，一層樓單雙號總共三十戶，一戶若以兩人計算，整棟樓的居民便超過四百人。

如今的生活，離土地好遠。

「我家門前有條河，後面有山坡。」妳常哼唱這句歌詞，妳的家宛若這首民謠，四周農地稻田，還有頭前溪支流繞經。妳說以前沒有洗衣機，鄉下的女人全都在溪邊搗衣，她們一邊洗衣服一邊聊八卦，東家長西家短的。妳指著電視機裡的客家節目，和我補充妳的童年。

「小時候我比較少參與殺生的事，每天只需要幫弟弟做飯和洗澡。」講起這些過往的時候，妳總看向遠方，有如追憶一段別人的故事。

「大姊最可憐，天還沒亮就得走一段漆黑的路，那條路好恐怖，什麼都沒有。她一個人提水、燒水，幫爸爸準備好屠宰的器具，然後一個人在豬圈外等爸爸來。爸爸殺完豬，其他人就開始幫忙放血、肢解、宰割、分類、加工，從豬死的那刻起就有做不完的事，每天都一樣。」

每天都一樣，妳天亮後到雞舍挑顆蛋，替父親準備早餐，也替其他兄弟姐妹準備早餐，接著妳會選一塊老鼠肉給爸爸當晚餐。全家人只有爸爸可以吃蛋和肉。

然後妳出發去芎林國小，那是妳最快樂的事情。

「考試第一名才可以打大鼓，我是我們班上打大鼓的。」妳說。

曾聽聞老一輩女性無法受教，接觸許多和妳同年代出生的阿嬤，八十多歲，她們通常說臺語，不識字，看到文件要簽名，也是依樣畫葫蘆地描。然而我身邊參數不多的客家女性長輩全受過教育。我好奇地查找一些資料，還訪問了一些人。一言以蔽之便是爭土地搶資源，好像無論幾百年過去這樣的歷史也不會有太多差異。閩南人沿海經商，不需要讀書也可以靠做生意維持生活，搶輸土地的客家人被擠到山邊，那些地方多為貧瘠之地不易開墾，收成有限也沒什麼作物可賣。

客家人為了突破這種侷限，努力學習練就了自給自足的功力。沒鞋穿，自己做——厚紙板裁成鞋型，繩子一綁便成為一雙代步鞋。所謂客家精神，多工、勞動、萬事靠己，以及受教育——無論孩子性別都會讓他們和村里老師求學問，因為讀書考試才是脫離貧窮的可靠方法。

「我很感謝爸爸讓我讀書，全家人只有我讀書。」妳說。

為什麼？現代孩子上學是義務，也可能是一件他們極度想逃避的事。妳無法回答一個時代的處境與其中的為什麼，妳只說：「國小畢業後，爸爸做生意失敗，家裡沒有錢給我升學。」

遺憾寫在眼角，但妳的眼神仍一貫清澈。匱乏，因此可貴。

國小畢業後妳開始幫忙家務，做起大人的工作。掃掃地擦擦桌子洗洗衣服？不。客家女性要下田、鋤草、打水，編織、縫紉、拼布，勞動活與手工藝，還要進廚房醃漬醬菜和料理，傳統說法稱作四頭四尾：灶頭鑊尾、針頭線尾、田頭地尾、家頭教尾。好辛苦，聽起來比讀書辛苦。

探索妳的過去，我才稍微認識養成妳的客家文化。農耕社會的樸實、勤勉、良善、友愛，是妳們這一代女性的特質。但在我記憶裡，妳訴說妳母親的內容少之又少，命苦與家暴，好像是她一生的註解。

「我爸常對她拳打腳踢，也會毆打我大姊。」妳說，看著她們挨打，被打的好慘好慘，但沒有人敢出面制止。

為什麼？妳還是回答不了我，彷彿妳也在問為什麼。我記得妳的眼神，彷彿可以穿越時空，而裡頭是一片黑種草（Love-in-a-Mist）。然後妳會說：

「好奇怪，我好像不曾挨揍。」

好奇怪，妳的童年聽起來好短，真的好短。

外省媳婦

當客家女孩嫁給一個搭船來的阿兵哥，被貼上「外省媳婦」、「外省家庭」、「眷村生活」的新識別，是否擱置了她從小使用的語言？

來到妳靈堂前讀經給妳聽，想起妳每日晨讀佛經的模樣，我好像有點體會妳口中的「聽眾」。我幻想妳成為了聽眾，和空間裡的鬼、神一起聽經。

我對著妳的照片探望妳，心裡盤算也該去探望爺爺。人死不能復生，我得多多陪伴妳的老伴，妳才能安心地走，這是我在《活著》認知到的，最難過不是面對心愛的人離去，而是面對活著的人。

爺爺仍是老樣子，似乎從年輕到現在九十幾歲全是一個樣子。

他每次見到我總問別人：「有沒有和妳爸爸聯絡？要關心他。」、「有沒有關心妳弟弟？他最近好嗎？」

這天他卻問我：「有沒有去看妳奶奶？」

我的心瞬間從一條瘦弱街道變成一片寬闊海洋。我點點頭，彼此交換一道思念妳的眼神。

我們窩在沙發裡不發一語，以相同的視線望向電視機，裡面兩個赤膊壯漢在扭打。好無聊啊，觀賞打架不是該有快感嗎？

我轉過頭盯著爺爺，他的無視在直視裡還是一種無視。我問他要怎麼觀看，誰輸誰贏以及其中的樂趣是什麼。爺爺目光仍舊遠遠的，他說：「無聊，看好玩的。」

爺爺無聊，摔角節目也無聊，我們坐在一起打發無聊，但真的就是「無聊」，無以名狀的無話可聊。

我想起妳還在的日子。

妳大概也不喜歡爺爺看摔跤，但面對這種無聊妳會一個人坐在客廳的遠處，餐桌旁或餐桌接近客廳的地方，凝視遠方默念佛號。

我的視線轉到妳曾經坐的位置，縱使那裡又空又暗，但也比唯一發亮的光體迷人。

突然，爺爺拉著我要說祕密的樣子，他壓低音調告訴我玲玲做的菜很難吃。爺爺經常表面好好先生，私底下又抱怨不滿意。但妳不同，妳會直接禮貌道出想法並教導玲玲應如何照顧妳。

我問爺爺想吃什麼，沒想到玲玲搶先回答：「不知道～阿公都說隨便。」

我納悶妳是否把爺爺照顧的太好了，他竟連點餐也不會。

看著玲玲和爺爺雞同鴨講，一人語言能力退化支支吾吾，一人缺乏中文語彙一知半解，他們的相處卻散發著怪異的和諧。同一時間，我在腦海裡快速搜尋，像輸入關鍵字般，「奶奶菜色」空格「爺爺愛吃」，出現辣椒肉這個選項，這是家中的萬年菜，快吃完時妳便得接著做，給爺爺配饅頭、配飯。我一聲不響地出門張羅食材，準備了豬絞肉、蔥、蒜、紅辣椒。

「妳別做。」爺爺好說歹說就是不讓我做。

「你怕我做的很難吃嗎？」

「上回，妳嬸嬸做了不好吃，我吃了一週才吃完。」爺爺說。

「別擔心啦，如果你等等吃了覺得難吃，我帶回臺北。」

辣椒肉做好了，爺爺一口也沒嚐。我知道沒有人能代替妳的手藝，爺爺吃了一輩子的味道，誰也模仿不來。

一九五〇年代，爺爺隨國民黨撤退來臺，駐紮苳林，正好在妳老家附近。

一個客家女孩到廟埕曬蘿蔔乾，被外出溜達的阿兵哥搭訕，開始了一段自由戀愛，在當時非常新潮。

「他很厚臉皮。」妳說，爺爺一天到晚在妳身邊打轉。

「但他年輕時真的很帥。」妳會這樣補充。

我不知道你們的愛情受到反對，尤其妳父親。妳不顧阻撓繼續和爺爺見面，每次談情說愛還需要有人通風報信妳父親的行蹤。

「阿爸回來了。」小妳十歲的姨婆美麗氣喘吁吁跑來，伸出小手準備拿取獎賞。妳的情人從褲袋裡變出一支鉛筆給她作為報答。我聽著故事細節感到不可思議，一支鉛筆就能當作賄絡？我至少要一球冰淇淋！

「哪來那種東西！」妳嘴角上揚，一隻手輕輕掐了我的嘴邊肉。

說起這段往事，妳是不是有點驕傲？妳的身材高佻能駕馭各式剪裁裙裝，妳的臀部圓潤走起步來婀娜多姿，妳一雙長腿結實像田徑選手般健美。仔細端看妳的五官，一對馬爾濟斯般的眼睛，兩片初熟杏桃般的唇，笑開露出一排天生麗質的皓齒。妳是村裡出了名的人物，但妳自豪的不只外表，還有一顆相對前衛的心——女性可以自主終生大事的意識。

碧玉年華戀愛，待幾個夏天悠悠晃晃，用冬藏的耐心說明真情真意，直到法定年齡，妳嫁給海外來的阿兵哥。這些過程就像朗讀幾行文字，幾分鐘說明幾年時光，直到結尾，妳總要加一句：「我被他騙的。」

我一直不明白為什麼說是騙，妳也未曾回答我，但有個故事，始終讓我覺得很神奇。

一九六二年，離家的妳風塵僕僕回到了家。

妳扶著腰、挺著快臨盆的大肚子，腫脹的小腿快步揚起沙石路面的土，額上的汗珠被九降風強悍地撫去，一刻不停，妳來到母親的牀台邊。

妹妹端來一盆水，騰騰水氣讓每個人的容貌矇矇朧朧，妳臉上彷彿還殘留夏天的熱烈。兩個孕婦對視，一個母親，一個即將要成為母親的女兒。妳將一頭黑髮髮束起，跪在磨石子地板上，湊近母親雙腿之間，目光毫無遲疑：「差不多了，用力啊——」一隻手使勁地掰開母親的鼠蹊部，鼓勵面前這位產婦，直到她的身形從丘陵地變成一片平原。

「阿姆，是女娃。」妳抱起自己的妹妹，要美麗幫忙剪掉那細長的連結。

替母親接生完，兩週過去，妳的第一個孩子也來到世上。

「妳馬麻也生小孩，那誰幫妳做月子？」

「還坐月子咧！那個年代上午生完孩子，下午還得去田裡工作呢。」妳對做月子哼了一聲。但我內心默默地替「那個年代」的女人抱不平，好像埋下一個小小的意志——我絕對不要上午生完孩子，下午繼續工作。

一九六四年，妳先生月俸兩百五十元新台幣，給妳一百五十元當家用。

每當妳說起婚姻生活，陳述裡總充滿自豪，「我讓他面子裡子都有了。」妳要維持日常開銷還要在軍隊後輩到訪時變出滿漢全席。

記得妳不滿時會和我父親用臺語碎嘴，抱怨妳的丈夫。一年三節回到娘家時，妳會改口和姐妹、親戚說客家話。我未曾想學習妳的語言，因為在家妳只會說國語，字正腔圓幾乎完美。

每當同學和我回家探望妳和爺爺，她們總是很難理解爺爺言語，經常微笑點頭然後再側身偷問：「妳爺爺說什麼？」

後來，我因為學業報告到日照中心和社區據點做活動，接觸一些外省老爺爺，他們講話我也會：「蛤？你說什麼？」

一位和我很親近的趙爺爺來自徐州。有次他激動地說：「哦說郭魚，郭魚尼知不知道？」

「吳郭魚？」我又更納悶了。

一旁的社區阿姨趕緊湊過來接話：「國語，他說他說國語，你們怎麼聽不懂！他去外面買東西常常有年輕人回他『蛤』，他都會生悶氣，想說對方是不是故意聽不懂。」

趙爺爺看起來有點無奈，直說自己的鄉音太土了。

世界那麼大，一方人一方調。我突然好佩服妳會說客語、臺語、國語，熟悉各種用語的俗諺或成語。重點是，妳永遠聽得懂鄉音很重的中文，並且用別人慣用的語言回應對方。

有次我穿著一件萊姆黃的V領針織背心探望妳，一個多小時過去妳才說：

「妳的毛衣顏色真好看，但是不是……」

「穿反了？」我接著妳的話。

「是嗎？」妳要我轉一圈讓妳瞧個仔細。

「沒有穿反啦，妳怎麼跟一個老爺爺說的一樣。」我坐到妳身旁，「不過你們的說法不同，他直接叫住我：『小姐，妳衣服穿反了！』他很肯定的樣子。」

妳瞅著我笑，聲音是一種十七歲的清脆。

「我看著他回了一句真的嗎，但我當然知道沒有穿反。我說好吧，那我脫下來換一面。換好之後我走到他面前：『這樣對了嗎？』他好認真盯著我說：『哎呀，怎麼又反啦！』這時老人院的阿公阿嬤都在笑。」

妳也朝著我笑，連肩膀都在咯咯地笑。

「這看起來像平織，感覺要翻過來的呀。」妳讓我脫下來，想瞧瞧內裏。

我不懂織法也沒進一步問妳，我說同樣一件事妳含蓄地詢問，那位老爺爺直接告知，這是選擇語言的方式，也代表著背後的意識。妳的語言對我而言相對平等，傳統且優雅。

「好有趣呀！我不肯定呀，妳們年輕人流行的，早和我們那年代不一樣了。」妳的眼神閃閃發亮。

妳的年代衣服得自己做，現在則是滿街的快時尚。

那天我們一起翻開老相簿，單件式洋裝、改良式旗袍、套裝、A字裙……一塊布多種用途，先裁大人的衣服再裁孩子的，剩餘布料就做成抹布或女性生理用品。妳說除了替自己和兒女做，還要替別人做衣服貼補家用。

妳走後，我再次翻閱相簿，三乘五的黑白照片，或呈現淡琥珀色的相紙。我任時間溫柔地將我送回六十年前，妳就定格在我眼前——圓潤飽滿的下巴落在攝影的中心，往下，一雙手如彈奏鋼琴般微微弓起，指尖定錨在一塊牛仔布上；往上，一對藏有英爽之氣的眉宇，使勁地陪伴專注萬分的視覺，那是妳縫紉的樣子。

我想起巴特對攝影的解讀——一張相片有三種情感：操作、承受與觀看。如今我只能承受那份妳作為幻影的觀看，注視死者活在的那刻。妳穿著一件繡花開襟毛衣，好鮮豔，鮮豔的和我大部分印象相容，儘管這是我第一次觀賞這身衣著。

巴特在《明室》裡談到他的母親，「我的家庭便是我的母親。」他在照片裡尋回過世的母親，觀看無法復返的歷史，一如妳在相片裡我不曾參與的日常，那些生活的背景多為家中和雜貨店鋪內。老照片上的符號標記著時代，美而香高級化妝品、英倫高級奶罩、張國周強胃散、宜而爽衛生衣、鱷魚牌電蚊香……還有一罐罐透明玻璃裝起來的餅乾糖果，豬耳朵、友友球、娃娃酥糖、哈哈球，好多我見過或印象模糊的物件。

回想，我幾乎不曾聽說妳的少女時期。是否妳太早步入家庭，是否那時代的女性都隸屬於家庭？妳的事也統統圍繞於妳的家人：妳的老公、妳的孩子，一直到我，妳的長孫女。

奶奶

我的人生不只源自我的父母，還緣於妳。

妳十八歲結婚，十九歲生下我父親，妳當奶奶時，四十七歲。隔一年，妳人生中第一次罹患癌症，醫生說剩下五年的壽命。

「不聲不響地，我竟得了不治之症。」妳說，當時妳的主治醫生是乳房外科第一把交椅，在臺北榮民總醫院進行八個多小時的手術，切除腫瘤並當場送至檢驗科。

決定手術之前，妳害怕、抗拒、絕望，甚至感到羞恥——女人怎麼能缺少一邊的胸部，多麼難看，多麼令人嫌惡。妳不想切除乳房，不願失去代表性、代表哺育的女性審美表徵。

一九九二年，妳失去了右乳。

傷口復原之後，每三週得施打一次小紅莓，總共八次。這煎熬過程改變妳，噁心嘔吐並失去頭髮和眉毛。妳戴起毛帽，用厚重的衣物將失去乳房的祕密掩蓋起來，直到冬去春來，療程結束。

一歲的我被送至妳身邊成為一個寄託，陪伴妳剩餘的生命。

那段記憶模糊，像泡沫般沒有輪廓，但生活的樣貌卻明晰可見，也許是經過歲月複寫，和奶奶相處的時光一層層相疊，不存在原始。我們睡在同張床上，從我被抱回家那刻直到我離開家之前。我有一顆枕頭，紅色布料上印著大大的 G-O-O-S-E，英文字下方是鵝媽媽帶一群小鴨的圖畫。我記得床邊放有兩張椅子，奶油色椅墊包覆一層透明的膜，上面充滿大小不一的氣泡。椅背鏤空和扶手連接成一個半圓，它們宛如裝在透明塑膠袋裡的麵包，緊緊黏在床邊防止我跌下床。我似乎也都很安全，除了某一晚。

妳半夜起床小解，繼續睡眠前妳仔細查看我，發現我大腿肚旁有個陰影，一個不尋常。妳掀開棉被，伸手接近那個陰影，突然妳縮手，尖叫，下床開燈，看到一隻和手指一樣粗的蜈蚣正一口咬著我。妳身著內褲和衛生衣，扭開喇叭鎖木門，又推開紗門，對著房門對面的紗門大喊：「欸！欸！快起床、快過來。」

妳輕輕搖我，但我一動也不動，昏昏迷迷。山上的蜈蚣有毒。這隻蜈蚣還肥大的不可思議。毒素進到小嬰兒肥腿裡多少，小嬰兒是否已經過敏或休克，妳完全不敢大意。妳套上長外套，包裹住胸前，爺爺才進門。

「大小聲的，什麼事？」

爺爺推開兩張防摔椅，用手電筒檢查床緣，又趴到床下尋找蜈蚣的蹤跡，落地窗簾邊緣、櫥櫃後面、陽台門縫，任何蛛絲馬跡都沒放過。妳則坐在床邊按壓著有線電話上的數字，首先打給姑姑：「被蜈蚣咬到第一時間怎麼處理？」

「送醫院啊！」妳得到指示後掛上聽筒，又撥了我爸的電話。妳摀著嘴克制慌張，還要爺爺抓到蜈蚣帶給醫生看，什麼毒，怎麼解，冰敷或熱敷。

半夜三點，全家人都來了。打掃了原本就乾淨無比的房間。沒有蜈蚣，只有我腿上牠留下的一片紅斑。我一直在睡，沒哭沒鬧沒感覺痛，再次睜眼時，我感覺在過生日。

這故事我只聽過一次。

有天我們邊看電視邊吃冰棒，突然，我在黑綠相間的大理石地板上看見一條深褐色的爬蟲，「毛毛蟲！」我朝妳大喊。

妳接近那隻爬行動物，我跟在妳身邊移動，看著好多隻腳的生物，長得比毛毛蟲可怕。妳用掃把將牠掃進畚箕裡，拿出家門丟到附近的樹叢裡。

「為什麼？」我問妳。

因為牠沒把妳帶走。說起五年前的蜈蚣驚魂記，但妳的版本相對簡單。

「我看過新聞報導小孩被蜈蚣咬死。妳那時還不到一歲吧……我好害怕。」妳說。

妳活超過醫生預言的剩餘壽命，我也活得好好的。

有時會想，當人不如意或面對重大傷痛時，是不是容易把所有不好的事歸咎到自己身上？奶奶怕將罹癌的「不幸運」傳染給我，這讓我聯想到《哀悼乳房》一篇以螃蟹為題的散文。螃蟹，拉丁文 cancer，從生物學名到飲食方式，西西敘述生活中遇見的罹癌病人故事，動容之處再拉回自身罹癌經驗。例如，在家飲食擺出公筷，擔心癌細胞傳染給家人，這種心態如影隨形。其實聚餐使用公筷在於保護病人——化療後的人抵抗力羸弱，很容易細菌感染。作者緩緩細說生活與疾病，讀者也緩緩聆聽疾病如何改變一個人的生活，悲情的影子一路尾隨，卻不發一語。

這種悲情也用各種形式影響著妳。

睡在妳身旁的記憶，被留在遙遠國度，一點一點被我重新建構——那空間裡，有張桃花心木梳妝檯，上方掛了一幅妳和爺爺的半身肖像，妳穿正紅色旗袍搭一串珍珠項鍊，爺爺則身著一套淺灰色西裝。

梳妝檯上擺了一張妳的個人全身照，相片洗印在一個瓷盤上，人像上方大大的字：香港旅遊紀念，以兩個木雕三角架支撐。無論幾歲的我總覺得每日凝視自己某個時期，或某個時期的自己不時望著如今的我很詭異。每次對視，該說照片裡的人年輕了，或是照片前的人老了？這讓我想到《格雷的畫像》，王爾德玩弄人以為的恆定，讓現實裡的格雷永遠年輕，而被隱藏起來的肖像畫代替格雷老去。

妳也有不准任何人觀看的物品，那是放在全身照旁的紙盒，像裝有八吋生日蛋糕的紙盒，十分神祕。

我曾在妳洗澡時打開盒子偷看，裡面的粉色矽膠呈現半透明，我輕輕拿起來，好重，馬上又放回去。

「這叫作義乳。」

妳告訴我，妳討厭每天穿戴它，但若不穿，妳的衣服一邊非常突出，一邊又非常鬆垮。這種病痛無情，帶走女性尊嚴。

妳說妳難受，戴也難受，不戴也難受。

紙盒始終蓋上，裡面放著妳的胸部，一邊的胸部。

那是我第一次認知到——有種物品會不斷提醒著自身的缺失。

「以前的女人，糊里糊塗結了婚，生了孩子，辛苦大半輩子之後，一場病，不知道原因，又糊里糊塗死了。」妳說，隨著醫療進步，女人可以從電視、廣播上認識疾病和保健資訊，所以女人才開始重視自己的身體。

「是我自己發現的。」妳說。洗澡時摸到胸部有異狀，觀察幾天後決定去醫院，檢查出腫瘤。但一切還是太遲。妳不時告訴大家，要練習觀察自己的乳房，每天看、每天觸摸，洗好澡坐在化妝檯前，用雙指輕輕按壓一遍整個球體，感覺是否有顆粒物或硬塊。妳每天檢查，像擦飯桌、澆花、開關電視和刷牙一樣自然，但妳卻十分懼怕。

癌是何時跑進身體的？

人體平均有四十兆個細胞，它們如同人類各有壽命。

當不停工作的細胞老化準備死亡時，它們會分裂自己，複製一個和自己一樣的細胞，成為老死和新生的雙胞胎，但複製細胞的過程可能產生錯誤，不論外界干擾或自體突變因此誕生有問題的細胞。通常新生的不正常細胞會靠免疫系統吞蝕，唯獨癌細胞不自殺也殺不死，不斷複製而且永生。會不會每個人體內都存在著癌細胞，只是量多量少、是否發現發作呢？

英國統計學和流行病學家李察・佩托提出體型和癌症的關係，在同一物種間，體型和罹癌機率成正相關，但在不同物種，相關性就不存在，稱之佩托悖論。

意思是得癌症不是概率，而取決於抑制腫瘤發生的基因，也就是說，寫在細胞上的基因若先天有功能缺陷，則會導致生物學上的因果承襲。研究將患病歸因基因，但妳卻將癌症解讀成一種因果報應的想像。

「可能我家做殺生工作吧。」妳說，娘家的人全飽受病魔打擾，無一倖免。然後妳會講起妳爸爸，嫁人後沒幾年，他病得很慘，一聲不吭，走了。敘事通常在此句點，留下一種眼神，像一個五歲孩子正專心地翻閱一本外文書，在努力查找可辨認的地方。

妳安靜卻空洞的眼神和我某段印象疊合，那不存在聲音的記憶異常深刻。

陪伴妳去榮總的時間很長，從早上到傍晚。午餐，我可以吃漢堡王，拿玩具和一頂公主皇冠。晚餐，家人會去一家巷弄裡的麵館。進到座位前，客人得先穿越團團熱氣，不過這迷霧般的熱氣充滿了麵香。這時通常搭配家人挑選小菜的情節，冰箱裡的豬耳朵、皮蛋豆腐和醋溜小黃瓜。回望會發現老闆現擀麵條的側臉，他額上綁了一條毛巾，臉上還有麵粉的痕跡。印象裡，他只說過一句話：快速與便利沒有好味道。他指著他的鐵鍋爐灶，燒柴之處已換成瓦斯桶。

我被抱進用餐區域，再被放下來。一座座笨重的咖啡色桌椅，好像一窩窩土建築，它們在不是特別明亮的空間裡，老老舊舊。我把皇冠慎重地放進抽屜，然後遺忘它。

到家後驚覺皇冠不見，我又開始期待吃漢堡王的日子。

躺在抽屜深處的皇冠，每一次都被我遺落，彷彿是個詛咒，和妳消失又出現的痛苦相似。

這段印象無聲，只有煮麵鍋爐蒸氣，視覺上呼嚕呼嚕，以及那一團一團的白，和妳臉色一樣。車子裡、麵店用餐的桌子上，妳看起來都很不開心，僅容沉默奪去話語空間。

在一個地方認識的人，定義了那個地方對於自身的意義。而我第一次認知到的家，是和奶奶一同起居的半山腰建築。

建築是一棟三層樓透天厝，座落於社區的最高處，得爬一個很陡的斜坡才能抵達。這條斜斜長長的馬路，左邊是一片山林，右邊則開拓成住宅區，一戶戶房屋，一戶戶家庭。斜坡盡頭，一條沒有去路的巷子，住了四戶人家，我們就是其中的一家人。

幼稚園以前，大房子隔壁住了譚爺爺和譚奶奶，我們家的小橋流水花園和他們家如游泳池般的魚池相望。兩家人毫無藩籬阻隔，一條隱形的線是彼此的尊重與禮讓，如要拜訪，雙方也是出了自家前門，再到對方的前門探頭喊聲：「請問有人在嗎？」

懵懂無知的我覺得好麻煩，問妳為什麼不可以直接從院子走過去？妳說這樣不好。

印象中，我們和譚家互動很頻繁，但譚奶奶走後，譚爺爺就搬走了。我愛問妳為什麼，一千萬個為什麼，但妳總會耐心回答我，「可能他太難過了，不想住在這麼一個大房子裡。」

真的很合理，我用自己小小的腦袋瓜思考，把自己變成譚爺爺——我也怕沒人在家，每個房間似乎都有奇怪的生物躲在裡頭，難怪他要搬走。

居住的人不同，建築形貌也會不同。譚奶奶和譚爺爺時期那一條隱形的線後來變成鐵鋁欄杆，替兩戶人家劃清界線。妳有時會叫我拿抹布擦擦欄杆，並囑咐全家人欄杆向內推半尺不准擺東西。那道欄杆在隔壁建物易手後成了一座牆。再也沒有光線、麻雀、小貓穿梭相鄰的兩戶人家。前院的小紅鐵門因為高牆，換成一座高不見內的銀白鋁門。

我在「家裡」認識妳，這個家一塵不染。妳每天掃地，上午一次、下午一次，每三天拖一次地板，妳說用抹布才擦得仔細。後院掛著四、五條又黑又破的毛巾，我覺得噁心，問妳怎麼不買新的，妳說浪費。記得客廳共用廁所最讓妳頭疼。爺爺過分節約，小便不沖水，我如廁總得擰著鼻子，妳則三天兩頭替它洗大澡，每天還將洗米、洗菜的水接起來沖馬桶除臭。

家中有些我不喜歡的生活規則，妳全身體力行配合，比如說輪流洗澡——爺爺固定每晚八點五十五分洗澡，等熱水器運作需要一分鐘，他會用水桶把冷水接起來。此時妳必須進入浴室裡 standby，刷牙洗臉等待爺爺一聲「好了」，便接續沐浴避免熱水器重新運作的時間，省電亦省水。我覺得這規定好煩人，特別在投入某件事而忘時的情況，比如說每晚我陪妳觀賞八點檔，那時老三台[1]連續劇表定為一個小時，後來改為一個半小時，有些還會延長至兩小時。我想不起來戲劇內容，但妳著迷劇情的樣子始終存在我腦海裡，「真是欲罷不能，明天再看一次重播。」妳會用這句話說服自己錯過的五分鐘，或叫我看到結束再和妳說劇情。有時，真的是有時，妳九點零五才進到浴室，爺爺便會生氣。

我一定鼓舞過妳和我一起叛逆這個規定，但沒有用。妳聽從爺爺，而我服從於妳。

幼稚園那段日子印象很深，每日早晨睜開眼睛，我會先抬頭看冷氣遙控上的數字；那時的冷氣稱作窗型冷氣，開關介面與主機靠一條粗壯的電線連接，遙控器在床頭櫃上方；氣溫超過二十八度才可以穿公主澎澎裙。換好衣服後妳會幫我綁頭髮，一個馬尾或兩個小辮子，總之不行披頭散髮。

有個畫面難忘——妳蹲在我面前，摸摸我的臉蛋，對即將踏入小社會的我說：「祝妳學習愉快，我在家等妳回來。」

一台黃色廂型車停在山腰盡頭，早晨陽光使它看起來更為明豔。妳牽著我從前院走出來，迎向滿車孩子的注視，我一隻小腳踏上階梯、一隻小手抓住銀色欄杆，站立車內走道上，看著一排個人座、一排兩人座，椅墊上全坐滿小小的屁股，我無從挑選，只能順著大人的眼神坐上最後一個空位。隨車的老師和妳說：「請別擔心，我們走囉！」

1 老三台，指有線電視年代的三間國營電視台：中視、華視、台視。

幼稚園發生的一切，妳要我一點一滴說給妳聽，認識哪些同學、午餐吃什麼、午休有沒有睡著、老師教了什麼……妳是我的教官、我的朋友，報告或分享，分享或報告，我毫無隱瞞。這些日常就像春夏秋冬一樣規律、一樣自然。妳檢查我的書包，貼紙哪來的，怎麼會有糖果，書包內妳沒見過的小東西皆得被盤查。

「○○送我的，他看牙齒得到的禮物。」我很驕傲，○○說他特別留下來送給我。妳聽聞後變得有點嚴厲，說要和我坐下來談談，不許我收男同學的禮物。我不解卻順從，但凡收到喜歡的小玩具，我便藏起來不放進書包。我把妳當作母親，或一個高於母親的角色，我在妳身邊作為妳的配角，同時又讓妳把我當成主角一般照顧。

妳目送我上學，迎接我放學。

黃色廂型車又開回山腰盡頭，我穿過窗戶遙望妳站在家門口。一隻小腳踏下階梯，一隻小手伸向妳，我是第一個到家的小朋友。妳和老師說：「謝謝，辛苦了。」我們手牽手，轉身和車內孩子揮手，也和載我回家的車子說掰掰，它看起來有點疲倦，像熟透的香蕉，上面有些黑色斑點。

肩上重量瞬間消失了。我自動自發去洗手，隨後妳又一次蹲在我面前，像檢查售出商品般審視我的頭髮、容貌、身體，似乎在確定有沒有殘缺與破損。這時我會問妳晚餐吃什麼，或開始一天的流水帳。

我跟妳說午休發生的事。睡我旁邊的一號，他的手伸進我棉被摸我尿尿的地方。我這樣和妳報告，只是陳述一件事，沒有情緒，「然後呢？」妳卻很激動，「我覺得很奇怪，所以轉身背對他。」一號摸了一下我的屁股就把手伸回去了。情節應該是這樣，妳說妳知道了，那聲音聽起來彷彿正奮力抵擋某個折磨妳的東西。

隔天午休，我沒有睡在一號旁邊。

我其實有印象，妳打電話給園長說明事態嚴重，妳的語氣有點喘，好似跑完百米，又有點像站在強風下，整個人暫時屏息，防禦般地怕被颳倒。

自從這件事，妳開始教育我身體和性別，妳說不可以讓男生摸我，要和他們保持距離，女生保護好自己的身體是潔身自愛，而且上廁所前還得確認門外有沒有男生。我不斷被灌輸男女有別與潔身自愛的觀念。妳一定不敢想像，如今許多城市設有性別友善廁所。

到了義務教育的年齡，我被父母接去市區上小學，久久才回去一次半山腰上的家。

有次，建築物多了個造型——妳房外的陽台欄杆上掛滿一圈圈鐵絲網，我在家門外仰視那尖銳的屏障感到好驚奇。家裡發生什麼事了嗎？

妳告訴我只是害怕小偷。不過才多久沒回家，家裡變化竟如此明顯。長大後，我才知道那年國內發生了劉邦友血案、彭婉如命案和白曉燕綁架案。

承載童年的建築，和人一樣受環境改變。

第七天

癌症把妳帶走，儘管妳遲早也會死。不理解死亡的意涵，
但知道妳逝世卻比理解死更為通透。

待夜色完善，要到妳的靈堂做七。

第一次參與直系血親的喪事，中文叫作治喪，我通過妳才稍微認識屬於臺灣的喪葬文化。

妳的身軀歇於冰櫃的第六晚，我查閱許多「頭七」的資料，民間普遍相信亡魂會在第七天回到親人身邊，各種趣事如冰櫃裡爬出小動物、蝴蝶飛來、化身螳螂或聽到異音……我的朋友在母親頭七那天請了一位「看得到」的朋友參加法會，據說她母親穿著一身華麗到場，沒有化身任何昆蟲。她母親走到每個孩子旁待了幾秒鐘，然後站到自己的遺照旁，以一種告別的神情看向在場的家屬。

朋友說儀式到一半時她有將近三十秒無法呼吸，她堅信是母親來到身邊。後來，她看見母親的遺照泛淚。不禁想，我們是不是都渴望有人來證實虛幻中無法確認的存在？

子時到，法師開始誦經，家屬靜默觀禮。

我胡亂尋找空間裡的生物，發現姑姑腿上停了一隻大蚊子。誦經室裡門窗緊閉，妳是那隻蚊子嗎？也許妳已轉世，我們還作法叫妳回來，真奇怪。我走到庭院，爸爸在那燒紙錢給妳，他說：「媽，收錢了。」禮儀社教的，我一聽就鼻酸。

儀式讓人進到工作流程裡，冷靜，功能性行動，少了哭泣的法會，時間也顯得具體。我沒有看到照片泛淚，也沒有感到難以呼吸，不過所有儀式結束後我巧遇一隻淡黃色蝴蝶，小巧玲瓏，蝶翅純潔，一眨眼便消失了。

禮儀公司的人提醒家屬：「到家後留盞燈。」

親友瞬間鳥獸散，只有爸爸在我肩上拍了拍說：「各自走啦。」

我衝到門口想跟大家道別，當我和機車上的嬸嬸說掰掰時，姑姑在旁喝斥：「不相送。」我才意識到送別場合忌諱相送別。

留一盞燈等妳，徹夜未眠。我試圖釐清自我狀態，有點像「知道」的力量，不同於理解或深掘探究；記得讀過一篇教人考試技巧的文章，讀書要用「知道」——不是重複背頌或苦讀，有點類似一個常識應用，前面右轉，知道了，大腦並沒有特別用力去記得，但下次經過相同路徑時，可能會產生這裡好像要右轉（才能抵達）的知覺。不見得是學習，而是一種接收訊息與指令的能力。

妳的死亡對我生活並無太大影響，租屋處本來就沒有妳，三餐亦未與妳共食，我的日常更少與妳交集，但妳的真正逝去，卻盈滿我無意識的消極。我推託給女性的經前症候群，賀爾蒙變化帶動人體的一連串變化，通常一到三天不等，然而這股由內擴張的頹喪竟如沒完沒了的經前症候群。

天亮了，我的靈魂跑去找妳。在一家黃黃的燈的包廂裡，兩個綠色大圓桌坐了好多大人與小孩，隨後，一個戴黑帽的女人走進來……

「我們餐廳有個神奇的服務，」女人拿出一團細緻的錫箔紙，繼續說：「只要吃下一顆糖果就能見到死去的人。」她的臉藏在黑帽深處，找不到五官。所有人盯著那些銀白色包裝的糖果，然後女人的手一動，銀白色的紙瞬間透明，露出一圈紅和一圈白。但現場沒有人回應。

「不想看到思念的人嗎？不要怕，吃下去就能和死掉的人說話喔～」女人把糖果塞到我眼前，糖果變成一顆金紫色小方糖。我伸手，女人把黑帽壓低湊到我耳邊說：「不要急，這是有代價的。」

我看見她沒有五官，沒有頭髮，一張如水一般的臉。

「一顆一百塊。」女人說。

真荒謬。我想都沒想直接吞下糖果，毫無甜味。我想見到誰？但我根本不知道誰死去了。所有圍著綠色圓桌的臉都很模糊，我站起身準備要找黑帽女人，這時奶奶從包廂外走了進來。

妳的臉好清楚。

「你們點好菜了嗎？」妳問我。

「媽，這都是餐廳配好的啦。今天除夕。」叔叔說。

我望向叔叔，他朝我點點頭。他也吃了糖果。

妳吃得很少，但妳看起來很有精神。我想跟妳說話，可是我完全無法言語，我心想，這才是代價，一百元根本騙笑。

我們一起吃完年夜飯，叔叔載我們回家。

只剩下我和妳，我好像又回到小時候，洗好澡就躺在床上等妳上床。但這次妳卻坐在床上看著我問：「妳好不好？」

我像口裡塞了整個大饅頭說不出話。

「好啦，我不能陪妳了。妳要好好的喔。」

糖果的效能沒了，我夢醒。

頭七到出殯，還得經歷一次月朔月盈。

我回到生活裡，但生活是什麼？王爾德說大部分的人僅是生存著。這問題我想了好久，又或這根本不是問題，生活與生存本相互融合，問題是我們選擇如何生活。

九〇年代末，我陪伴妳去傳統市場。印象中那裡的地板潮濕，聞起來酸酸的，每次跟在妳身後行走我都好害怕，害怕踩到紅色的水，害怕不小心懷裡的小熊會掉到地板上，害怕抬頭看見豬的頭、雞的腳。彷彿那些刀起刀落都是朝我衝來的屠殺。面對我的不情願，妳只好把我寄託在一家豆腐店。我站在攤位前看著人來來往往，早上六點，整個空間發散黃黃紅紅綠綠的光，等妳大包小包回到我面前，天光也灑進空間，黑暗裡的黃紅綠變得溫和。我跟著妳和爺爺的腳步尋找摩托車，然後我站到機車坐墊前的小區域，緊抓著儀表板兩側照後鏡的桿子，出發買燒餅油條。早上七點，剛出爐的甜燒餅一個八塊錢，買十送一。到家後我總會對妳說一次：吃肉好殘忍，那是殺生。我學佛法用詞「殺生」，不肯吃肉，但好笑的是我吃魚。妳替我準備各種魚類，乾煎肉魚、帶魚、鯧魚，清蒸鱈魚，紅燒鮭魚，妳變換菜色為我料理。

二〇二三年，臺灣許多傳統市場不只改建還轉型，室內每個攤位明亮、乾濕分離，菜一區、水產一區、肉品一區，抽風排風系統也良善，有的市場還冷氣放送。

空間變化，人也變化。妳走出時間，我步入市場。

早上九點到市場（寫下這句話時我又想像妳說：這麼晚，菜都沒了）肉品和菜品仍豐富齊全。我愛閒逛，亂走，在一條條攤位前穿梭，那種感覺像觀賞表演，他們的商品與他們的人，他們熱切或他們勞累，他們處理雞鴨魚肉或將蔬果排列整齊。攤主手上每個動作全靈活有致，蒜頭去皮、蝦子去殼、雞肉去骨，全神貫注又耳聽八方。直到客人上前，那之後的對話有時瞬間結束，有時摻進問候，有時充滿人情味。

我常去一家原住民菜行、一個中年媽媽的蛋行以及一對母子經營的肉行。肉品區陌生又熟悉，我腳步沒有停卻走得特別慢。

檯架上掛著豬頭、豬耳朵，長長S型掛鉤，一條一條肉吊在上面，帶血氣的生味有點像城市裡的髒雨，襲來一陣一陣的腥和酸。我的視線如今落在切台前。面對肉販我一臉無知的樣子，他們會問：「妳要做什麼？」漢堡排。「比較便宜的做法是筋膜肉，一斤兩百，絞碎吃起來都一樣。」好的，給我半斤。

視覺記憶連貫身體，還感知著聽覺，喧鬧聲、叫賣聲，剁骨頭、拍打生肉、磨刀聲，以及裝袋時摩擦產生的高頻率，它們全有種厚實感，是死亡之中的生存與生活。

大包小包到家，我才真正體會妳所說的：「看久了就會了。」

我學習妳把蛋沖洗一遍，晾乾後才放入冰箱。整理時我會閃現妳蹲在冰箱前的背影，葉菜類包好報紙一窩窩，魚一條條凍起來，再區分肉品和水果。我也學習妳製作小菜，辣炒蘿蔔乾、酸菜和酸豇豆，時而過鹹時而淡、有時又太辣，我還是不太喜歡下廚，但烹調時，我對妳的思念充滿了愉悅。

有時會突然忘記妳的死亡，這讓我想到精神分析。達文西在一九四三年夏天，鉅細靡遺記下一場葬禮的費用。有人推測被埋的人是他母親卡特琳娜，也是《蒙娜麗莎》畫中的女人。佛洛伊德把這樣的行為稱作「留置」，將內心底層的情感轉移至繁瑣或重複性動作上。我似乎也必須如此，許許多多無意識的書寫，甚至記錄所有禮儀師說的話：「靈堂早上八點至晚上八點開放」、「外人前來祭拜，直系血親必須側身於靈堂」、「賓客敬禮後得接過線香，由子孫上香」、「做七是回來相見」，它們塞滿行事曆和電腦文件，而那些不成句的詞語全都索引著妳。

和室友去逛家樂福，她問我要不要買點零食。呆望貨架上商品卻一點慾望都沒有。我來回走了兩趟，最後停在蛋捲前。

「小時候，我們家一定會有喜年來蛋捲。」

但貨架上只見義美。原味和芝麻口味，各種包裝，單盒裝三十七元、大盒裝九十一元、輕巧版內入三小包五十三元。

我口中的「我們家」就是我和妳和爺爺住的家。記得客廳電視下方的奶茶色木櫃有一格放零食，牛軋糖、麻荖、蝦味先、椰子口味乖乖，還有桃紅色鐵盒裝的蛋捲，我偏好蛋捲。

奶奶在的地方，總有盒蛋捲等著我。

下午時段或晚餐後，妳常問我要不要吃蛋捲。銀色塑膠袋子撕開，蛋捲躺在白色凹槽裡，一、二、三、四、五，我會分妳兩根。蛋捲吃完，妳會把屑屑集中在袋內然後倒入口中。那是我們一起看八點檔的點心。長大後，銀色塑膠袋子撕開，蛋捲只剩四根，而且一次比一次薄、一次比一次短，妳說這是變相漲價。

記憶和蛋捲一樣，一點一點變化，時不時回憶，伴隨著感慨。

回顧童年留下的幾件事，最難忘的還是和妳同住的空間，我睡在妳左手邊，床頭櫃上有一盞檯燈、一小瓶白花油以及我的芭比們。說到芭比娃娃，我唯一記得的細節是數量，我有十二隻，但她們不像十二生肖或十二星座各有人設。記憶裡她們大同小異，長長的頭髮，金色、棕色、黑色；大大的眼睛，藍色、綠色、咖啡色，她們只有這些差別，她們很無聊。

我不懂為什麼有這麼多隻芭比娃娃，更不記得自己深愛過她們，但我有那麼一個印象，芭比很貴，當時是一種高級的玩具，是女生該具備的玩具。

電影《芭比》在臺灣上映，網路上許多好評，有人說帶母親去看，媽媽哭得一把眼淚一把鼻涕。我同學分享心得並節錄台詞：「我們必須瘦，但不能太瘦，而且我們永遠不能說自己想瘦，必須說我們是為了健康。我們要有錢，但不能說我們要錢，否則就是俗。我們要當上老闆，但不能隨便罵人，我們要有領導能力，但不能壓制別人的想法。」她的觀賞心得接續轉變成自白，細數在職場和婚姻裡受到的委屈，最後坦承自己離婚。我讀了這篇貼文兩次，解讀到的是她將離婚的罪惡感合理化。會這樣理解多半源於自身經驗——我母親一去不復返地離開了家庭，儘管我可以將她的決定詮釋成一種婚姻自主，甚至是反抗父權的表現，就像當今媒體報導女星離婚總以「女人不需要依附在別人身上，只有自己才能完整自己」這種話語平衡，但如此觀念傳遞，真能讓普遍大眾認識女性權益嗎？我持反對意見。就像我覺得《芭比》的設定簡單暴力，離性別平等太遠。

每天洗完澡，我會幫芭比換裝和梳頭髮，那短短的家家酒時間不過是為了等待妳沐浴，打發時間，僅此而已。我不知道她們何時被丟掉，但我毫無不捨，爸爸因此斥責我不珍惜。

沒有人知道，床頭櫃上我最喜歡有著玻璃燈罩的檯燈。每晚睡前，我會替妳伸手碰觸它，輕觸燈座一下，橢圓形鎢絲燈泡全亮，連續觸碰檯座兩次，燈微弱。努力回想，燈罩上的圖案是花朵嗎？記憶奇怪，一下肯定、一下否定。不過肯定的是與妳一起生活的童年記憶總會停格在——幼稚園舞蹈教室外，我貼著落地窗觀賞女孩們穿著澎澎裙跳舞，在我身後的陽光好溫暖，沉甸甸準備去照亮另一個國度，畫面裡我看到自己的背影，專注欣賞舞蹈教室內部的一切，芭蕾舞好美，穿著舞衣的女生好漂亮。那之後我如願以償學習芭蕾舞，但學舞記憶在一場廟會前的成果發表後告結。

男女有別、潔身自愛、芭比娃娃、芭蕾舞以及那盞我酷愛的檯燈，輕碰幾下，童年便結束了。

奧威爾曾說，人寫作動機可分為純粹利己主義、美學熱情、歷史衝動和政治動機四種。他認為了解一個作者的寫作動機須了解他早期發展——作者的題材來自他所處的時代，那是作者永遠無法擺脫的情感態度——同時又得訓練自身性情，避免陷入不成熟或反常的情緒中。我拼湊著童年，時常覺得自己空洞，我想我的小時候被區分成和妳在一起的時光，與被丟進黑洞的部分。

告別幼稚園，我搬到市區和父母親生活，感覺有如我多了一對父母，他們重新認識一個女兒。我拋棄芭比娃娃，和弟弟一起玩四驅車。我不跳芭蕾舞，被迫學習跆拳道，那場夢魘持續了三到四年，小女童踢腿的可愛模樣不存在我的記憶裡，二十年前學習跆拳道是懷抱踢進奧運的企圖心。

高中男生、國中大男生、國小大男孩，還有我一個小女子。我們先是在道場的巧拼板上跑圈圈，再圍成一個圓伸展拉筋，然後，教練的兩隻手會輪流壓迫每個人，他的手放到我們左右肩上用力往下按，瞬間，每個人的兩隻腿便在哀叫中被劈開，俗稱一字馬。骨頭要軟、骨骼要硬，熱身後大家朝鏡子練習踢腿。以前我對著鏡子顛腳尖，Plié，Demi-pointe，現在我站在快、狠、準、猛、穩五個大字下前踢、側踢、後踢、後旋踢。

我是戰場中唯一的女孩，也是一大群青少年取笑的對象。從白帶踢到紅黑帶，還踢回幾座獎盃，但我不開心。我討厭打架，討厭攻擊或防禦。

那段時光是場惡夢，那段時光的居住環境時常也是我惡夢裡的主要場景。

和爸爸媽媽生活的空間被分成前中後三部分。狹長型平面前段有父母做生意的櫃檯，客廳有座可填滿兩名成人的保險箱、一台大型影印機、兩張綠茶色沙發、一張玻璃茶几、一張麻將桌，以及播映監視器畫面的黑白電視機。八台電視機安置在層架頂層，直播前門與後門的即時影像，彷彿裡裡外外都充滿著危機。有時看見電視裡的小小人正站在我家門前又覺得有趣，他們不知道有人正在觀察他們。有時，我會太好奇他們衣服的顏色而從櫥窗縫隙偷窺他們。

空間中段是一道長廊，媽媽在此洗曬衣物。每次經過這個挑高區域總能感受天光，下雨也能聽見滴滴答答。我遙望所謂的屋頂，應是一塊長滿青苔的塑膠板，光線覆蓋下呈現藍綠色，我覺得很漂亮。

如今回憶，它也許是建築物之間的防火巷，我不太確定。這條仿室外的長廊通往一片漆黑之處，有如一條結界，而那漆黑之處正是我惡夢裡常見的場景。

漆黑之處是所謂建築體的「後段空間」，若把它單獨畫成一張平面圖，格局看起來也算方正。想像把一大塊長方型橫向切成四等份，並在縱向三分之一處開一條走道。輕隔板搭建出三個房間，連接房與房的隔板留有一台抽風機長寬的縫，讓沒有半扇室外窗的屋子可以互相租借空氣。房門外共享的走廊擺滿了一台台機車，排排站立延伸至最後一個大平面，它們全是借款人的抵押物。機車有新有舊，保持良好或處處刮傷，各種廠牌與顏色，全被關於一室擠在一起，它們無法奔馳，無法感受陽光或雨珠。

我的惡夢老出現這條漆黑的走道，有時我躲在我的房間，用紫色沙發擋住房門聆聽外頭的追逐，有時我像棉花般從天花板下的縫隙穿到第二間父母的睡房，藏在由衣物組成的衣櫥裡，但房間裡從來沒人，只有一本媽媽的日記和一個全是香水的梳妝檯，我不知道自己為什麼需要躲起來。有時，我不停往走道深處奔跑，但無論怎麼跑也到不了後門，始終卡在會說話的第三間房前。第三間房裡有面牆總冒出人聲，有時聽起來像廣播，有時像悄悄話，有時則如混濁的尖叫，時而遠時而近。有次，我聽到一個女人的哭聲，她哭了好久好久，我四處尋找媽媽，她不在。

家裡沒有任何人。

我鼓起勇氣推開極少進入的第三間房，上下舖床架擺滿雜物，還有一台嬰兒車。裡面當然沒人，但淺淺的哭聲還在。我只敢用眼睛找尋聲音，雙腳始終靜止在房內的第一片磁磚上，彷彿它是冰河中唯一的一塊浮冰，我害怕掉進未知深度的啜泣裡。

那哀傷像一座老湖泊。突然我發現牆面角落有個大裂痕，幾乎可說是一條溝，像植物的莖，像臍帶，像輸液套管……我蹲在同一片浮冰上望著那道裂痕，然後哭聲停止了，彷彿女人發現有人在觀看她的難過。我緊盯原本透著光的縫隙，它漸漸變黑，覆蓋起骯髒的白牆角。隨後，第三間房又恢復往常，繼續廣播，說話，傳來髒話或嘻笑打罵聲。一直到搬走前我才終於聽懂，廣播的女聲在說：一一到七號室。

沒想到和爸媽共同生活的記憶，空間中的物與格局比情感互動更加鮮明。

因為懷念妳，我才打開腦海抽屜，那黑洞般的抽屜讓我找回了幾份曾經。

小學，父母打算送我去加拿大留學，我記得那陣子過得格外爽，時常買衣服和玩具，天天處在分離前夕，溫暖又幸福。後來，加拿大沒去成，我和妳到史瓦濟蘭住了兩個月。

好奇怪，重述這些記憶，裡面竟少了爺爺的身影；我明明是跟著你們一起搭乘二十個小時的飛機抵達南非的。

姑姑住的地方有一片大草原，園丁每天用拖拉機除草一次，我記得妳會和每個在姑姑家幫忙的人點頭致意，我也學習妳，和她們或他們說哈囉。

「哈囉麥可。」園丁會脫帽向我敬禮。

「哈囉魯西。」廚娘會摸摸肚子比比嘴巴，詢問我要不要吃東西。

「哈囉莉莉雅。」打掃環境的小姐會暫停動作朝我微笑。

這是當公主的感覺嗎？

那個暑假，小學二年級的暑假，我第一次騎馬，第一次看見黑人，第一次看見和我一樣高的女孩沒穿衣服，挺著大肚子但軀幹上的皮膚卻緊緊地崩在骨頭上，瘦得令我疑惑。我什麼都不懂，但聽到姑姑和妳說：「媽，不要給錢。等等一群群湧過來，我們會走不了。」

姑姑住的莊園有很多名幫傭，他們全住在一個小屋子裡，我經常走去拜訪她們，我清楚自己的目的，我想吃新東陽肉鬆罐內的薯條，那是我吃過最好吃的薯條，軟軟的、鹹鹹的。姑姑得知後，嚴肅地告訴我：「那是他們的餐點，如果分給了妳，他們會吃不飽。」我記得他們的伙食，薯條搭配扁豆、紅蘿蔔等蔬菜，但我卻想不起來我們在史瓦濟蘭的每日飲食。

追溯這些過去頓時感到茫然，我通過寫作緬懷妳同時又不停探問目的，就像我確實找回一個鮮明的故事，但它又如夢境般虛幻，不知道意涵。

有次，我們去拜訪姑丈的朋友，他家客廳有個巨型水族箱，兩台雙門冰箱橫放的大小。我好奇靠近，期待看見多彩小丑魚，但馬上被高速游動的魚嚇退好幾步。

我雙手摀住臉從指尖偷看，似乎把眼睇小便能淡化恐怖——牠們暴牙、面色鐵灰、鱗片皺巴巴，醜的連魚鰭都具攻擊性。

「這是食人魚。」姑丈的朋友說。我碎步跑到妳身後，躲著。

大人一臉輕鬆地簡述食人魚，猶如介紹家中寵物狗——妳看，牠們牙齒又大又尖，而且力大無比喔。當牠們聞到血腥味會瘋狂衝向獵物，撕咬啃食直到剩下骨頭為止……但放心啦妹妹，這個玻璃很厚，不用害怕。

我一邊眺望食人魚，一邊聽大人們聊治安。他們說，黑人深夜時會隱形在壞掉的路燈上等待豪車經過。街道一片漆黑，他們唯一可見的是一口白牙。然後黑人鎖定車子後會跳至車頂，司機聽見聲響停車查看時，路邊埋伏的同伴便包圍汽車，強奪財物。

「商人戴勞力士的左手被砍斷，聽說他嚇得屁滾尿流。」姑丈的朋友說，好幾宗搶案的受害者都是華人。

「天哪，這地方難找外科醫生，那手估計沒能接回去。」姑丈說。

「這還算好的咧，有人全家都沒了，槍槍正中要害，一家老小都歸西了，一隻左手算什麼！」他們提心吊膽的事，我聽得津津有味。那都是故事。

我覺得最可怕是那群食人魚，我不停幻想，若魚缸不小心破了洞或食人魚跳出來，姑丈的朋友怎麼辦。

恐懼果真源於想像力。

每次聊起童年，我也有種講述他人故事的錯覺，彷彿所有不幸只是我想像出來的。

幾段美好回憶不存在妳。我和爸媽一起去墾丁，我和爸媽一起去菲律賓，那些夏日風情，陽光沒現在這般烈，氣溫不如今這般高，也許那時全球暖化還沒如此難熬。但闔家歡樂的時光沒幾年，就面臨了分崩離析。

我被迫長大，那種無知與錯愕大概是——十歲的我在下午第一節課程中感覺到腹部劇痛難耐，舉手，衝去廁所，來不及鎖門，我脫下運動褲，蹲下身腹瀉，卻無任何解脫。我把頭埋進兩個膝蓋之間，髮絲跟著下垂，灰暗的空間，腦袋瓜又俯得更低，兩顆眼珠從小腿肚到腳後跟，我對著蹲式馬桶的圓頭，看見低落在水中的深栗色，我得痔瘡了嗎？爸爸擦屁股的紙也是這種顏色。我忍著疼痛檢查我的褲子，沒想到我已經拉在內褲上了，純白色被咖啡色液體沾滿，我羞恥地哭了起來。我用衛生紙猛力地擦，設法吸乾內褲外褲的污漬，屁股光溜溜半蹲在光線不足的女廁裡，手足無措。我把眼淚擦乾，準備好面對自己失禁的責罵，請師長打電話給家人。

「我肚子真的太痛，不小心拉在褲子上……」我說。老師沒有責怪我，她問我還痛嗎？我點頭，兩行淚一直流。我說我可能得痔瘡了，看到類似血的顏色。

「恭喜妳長大了。」沈老師問我打給媽媽好不好，我說媽媽去旅行了。

那個丟臉的下午，爸爸載我回家但他悶不吭聲，我以為他在生氣。直到妳來到我們家，坐到我床邊很不好意思地將衛生棉拿給我，納悶地看著我說：「怎麼這麼快？」妳認為是爸媽一天到晚給我吃炸雞，雞隻體內的生長激素使我早育。那個午後之後的每個月，我皆有兩天腹部劇痛，媽媽告訴我那叫經痛，妳卻說古代婦女沒有經痛這種病，妳無法理解這種疼痛。我第一次感受妳不能同理我。

初經乍到，生理上的早熟伴隨心理上的非自願獨立，我不知道怎麼辦。想起我的母親，她好像我同學和我一起學習，和我一起受爸爸管教，有時候她會受不了，帶著弟弟到咖啡廳坐著，而我則在家觀看爸爸一下溫柔懇求、一下勃然大怒，語帶威脅的樣子要母親馬上滾回家。

我們深愛爸爸，也相當懼怕他。時常覺得自己能夠理解母親的難過，我只希望她不要不快樂。記得有次媽媽打算離家出走，我居然寫了一封信支持她，好像是說：妳當作去旅行，我會好好照顧自己。

但那次離家，她沒再回來。

真的沒料到，父母離婚是我痛苦的起源。離婚官司最終判定由父親獲得單獨監護權，孩子成年前，親子會面只能在每月的第三個禮拜天下午，這是父親對母親的報復，卻同時報復在他孩子身上。

我和母親一月一會的頻率維持了八年，僅有一個月例外。

國中一年級，課堂進行到一半，老師叫我去辦公室拿一份資料。我漫不經心，老師怎麼忘東忘西，辦公室很遠耶，有重要到現在拿嗎？我的班級位於勤學樓三樓邊間，辦公室在勤學樓正對面，可以穿過一排教室再走空橋到行政區或下至一樓橫跨操場，爬一層樓上到教師辦公室。我一邊規劃路徑，一邊拖著懶洋洋的雙腿步出教室，剎那間我感覺到注視。

空蕩的走廊上有一個身影，是我的母親，她躲在角落。

她提著一袋送我的禮物，裡面是一棵菓風小舖的粉紅色聖誕樹，那是我此生唯一的聖誕樹。

告別所謂完整的家庭，我也一併告別了童年。

父親收掉生意，我們搬離格局無比奇異的房子，住進一間看起來十分高級的公寓，一層一戶還有一個半圓弧型可向下拋擲彩球的陽台。

那時父親憂鬱且易怒，經常借酒消愁，晚歸或外宿，但他會給我們很多錢，一次一千，我們每週都拿到好幾千元。

早上我和弟弟走路上學，放學後又一起到便利超商大買特買。在便利商店還不是雨後春筍的年代，我們每天挑選一道微波食品當晚餐，再買一堆點心和飲料。夜深，兩人便窩在一起聽相聲瓦舍，一起抵抗對黑暗的恐懼。

有個鮮明的印象——妳和爺爺騎半個小時的摩托車來看我們，其實更類似突擊檢查。妳整理家裡、洗衣服，還會像幼稚園檢查我全身有沒有破損的方式觀察我。妳告訴我，晚上要把房門鎖好，就算爸爸也不能讓他進來。

雖然年幼，但我知道爺爺心疼爸爸，把我母親視為糟糕的女人。但妳好像只說過一次：「妳爸待妳媽很好啊，這個家怎麼待不下去了呢？」然後妳開始檢討自己，深怕自己做錯什麼使得家庭不睦。

記得有次爸爸五天沒回家，留了好多錢給我們，一疊藍色鈔票用完一張再拿一張。

爸爸回來時還帶了一個女人。「她以後會跟我們一起住。」爸爸說。

我多了一個繼母，來自越南胡志明市。她的雙瞳深邃勾人，笑起來甜甜的，沒有心機的樣子，我卻無理地朝她怒視，雙眉緊蹙懾人，癟嘴不發一語。我認為爸爸和新聞裡的男人一樣用照片選老婆，金錢交易換來的新娘有天會跑掉。

阿姨語言不通、環境不熟、沒有朋友，是父親每天陪著她四處遊玩，生活十分愜意。父親為了持續讓我們過上寬裕的日子，要和阿姨一起到越南創業，我得知後幾乎像是要從小三身邊搶回丈夫般瘋狂。

我和阿姨的關係疏離，但我年少的惡意並非真的討厭，反而是自卑、是情感層面的不知變通、是對父親的佔有慾、是自以為愛生母的表現。

阿姨是否被我們家富有的假象給騙了？隻身來臺與我們生活，居住市中心一層華美公寓，她是否知曉這套房是租的？不過也不重要，因為她住進來沒幾年，我們一家人又搬回半山腰上的家。

如果爸爸那時和阿姨到異國展開新的人生，現在的他會不會比較快樂？人生最好玩之處便是選擇後，永遠不知道那條沒獲選的路上風景。但假設命運已註定八成，那麼無論選擇了哪一條路，終究會走成現在的我們。

無法肯定離我們而去的那位父親在另個時空裡好不好，但留在臺灣的阿姨——她絕對是位讓人敬佩的女性。

外籍新娘的污名或美名是生活中的多重樣態。我在讀書階段聽過鄰居歧視性的耳語，有時家人也會私下討論越南人嫁來臺灣後跑掉的事件——離婚或騙婚來臺從事非法行業，什麼問題都有，每個國家都存在類似的議題。

只是，生在臺灣的臺灣兒女卻鮮少自覺，我們崇洋卻同時排外。

時間折返到初識阿姨之時，她先是努力適應一個有青少年的家庭，之後又面對三代同堂相處上的摩擦。她早上在超商打工、晚上念夜間部，從小學一路讀到大學畢業，從工讀生做到正職人員，她用時間證明許多事情。

我記得妳總說她的好，也是妳告訴我阿姨的母親過世，因為疫情她無法回去奔喪。

「妳怎麼不回去？」我問阿姨。

「我選擇留在臺灣和你們一起生活。」阿姨淡淡地說。

多少年過去，我才知道阿姨從住進家裡那刻就放棄了越南國籍。而疫情期間，越南政府禁止外國人入境。

告別

Saudade，葡萄牙語，一種很深層的思念。

羅蘭巴特說：「寫作能讓心中的積鬱轉化。」

妳死後第十一天，身體仍留在冷凍櫃裡。我時常想，妳會不會冷？等到告別式那天，妳的身體又得接觸炎熱空氣，立夏體感溫度差不多三十五度，好熱。想這些真沒用，但我太常想像萬一妳有感覺的話是否很痛苦？

人死了不能說話，和活著時一樣得忍。

這陣子我很少獨自一人，應該說我下意識避免孤單，除了寫作還想為妳的告別式剪輯一支影片。我和妳的三個子女要他們手機裡的照片，訊息一致：五到十張即可，謝謝。

他們沒過問目的直接傳來照片。妳的小女兒首先回應，她一口氣傳給我五十二張相片，一張一張點開——妳和娘家聚會的合照、妳賞花的網美照，以及無數張妳和丈夫的景點照。姑姑拍得超級好。冬天，妳穿著我父親買給妳的羽絨外套；夏天，妳身上是各式花朵長袍，那些影像沒有時間感，更無法分辨年月日。後來妳的大兒子回了，他說只有合照，他的妻子傳了六張給我。

不同的人傳來不同的妳，遠足感或居家感，帶父母出遊或回家陪伴父母飲食。我從照片瞭解相處模式。

我翻閱手機和兩顆硬碟，尋獲的攝影竟少得可憐。開啟一支超過三十分鐘的檔案——一顆長鏡頭定卡，場景是家中的飯廳，我們對坐，光線不足。妳是這段素材的主角，在畫面正中心。我戴上耳機聽到妳的聲音，非常微小（真後悔沒讓妳別上麥克風），妳分享觀賞三遍的電視肥皂劇《三十而已》，把角色經歷和台詞講述地活靈活現。畫面裡的我聽到哽咽。其實我也看過，但被妳一講這齣劇好像更有意思了。

我一直覺得，劇中三個不同性格的女人都有妳的影子，但妳特別鍾愛面對丈夫外遇，仍一肩扛起照顧責任的角色。妳也喜歡三十歲還出國讀書闖蕩的事業女強人，妳認為那是新女性的人生價值，勇於追求自己的理想，不見得要依循社會期許走入家庭。我直視妳炯炯有神的眼眸，好奇妙，故事裡讓妳動容之處是女性的堅韌，是女性勇往直前的毅力。

我想妳若生在我的時代或許是個女性主義者。

製作一支妳的紀念影片，剪輯時我感覺平靜，儘管妳看不到了。想起妳走之前我和好友聊近況，她奶奶得了乳癌正在化療，整日疼痛、整日抱怨。我用妳的經驗叫她鼓勵奶奶。對話中我不斷思考，藝術紓解的究竟為何？是理解嗎？或許不僅僅是理解還說明一種不孤單。說來殘酷，覷探他人與自身相似的悲苦或遭受類似折磨，尤其是他者際遇比我們更為慘烈的情況，反而能產生繼續前進的動力。不見得會改變什麼，而是得到一個喘息。當回視自身境遇時，可以獲得一絲希望。

我重回學校，淑芳老師關心我，鄰座的人也讓我感受到同學愛。

這天寫作練習是負面經驗，黑板上寫滿師者與學子對負面的想像及定義，傷痛、討厭、詛咒、復仇、失敗、被欺負、懦弱、沮喪、憤怒、錯過、噁心、嫉妒、背叛、做壞、邪惡……還有位同學說：「人類最大的負面情緒是羞愧。」

我問老師，喪算是負面經驗嗎？

「死亡算是一種失去，他人的死或自己的死、自殺都算是負面經驗。」

我靜默好久。面對至親逝去，妳離世對我而言似乎不算負面經驗。妳在我生命中沒留下什麼負面記憶，包括妳的死亡都有種正向。

陽光挨著窗簾縫隙爬上眼瞼，側身躲開，右耳卻被床底泛出的聲響突擊。

「妳去看她醒了沒？」爺爺指著自己一雙老腿：「我走不上去，妳去，叫她起床。」

清晨五點半，玲玲以柔克剛地拒絕：「阿公，她睡覺，沒有醒。」

爺爺每隔十分鐘重複一遍要求，外籍看護也重複一次回應。

我關掉手機上八點半、九點、九點半的鬧鐘，壓制泛有怒氣的睡意步至一樓客廳，不想讓爺爺反覆為難他人。我說早安，爺爺說妳終於起床了。

陽光漸強，我盤腿窩在沙發裡，精神不濟。上午七點，爺爺遞了張小紙到我面前要我打電話叫車。我和爺爺解釋線上叫車，前一晚已經預約好接送，但老人家不放心，直說網路不可靠，再次把他向鄰居要來的車行名片塞進我手心。接起爺爺的擔憂，我撥通電話並和他說明司機抵達時間。

爺爺的目光心事重重，彷彿充滿漲潮的水。我不忍看他，撇過頭，瞥見電視櫃角落多了一塊陌生的擺飾，走近，民國一百一十二年一月一日，「鑽石婚」佳偶獎牌。我轉頭看向爺爺，不知道這是否為葡萄牙人所說的 saudade，一種失去深愛的人而產生的憂鬱，一種被壓抑的情感但感情中的回憶曾經美好、愉悅並充滿幸福。這個難以詮釋的詞就和它的讀音一樣，有點重、有點濁，收尾時卻特別輕。

感覺踩著時間也有如被時間擠壓著……

saudade，妳是缺席的存在。

上午十一點，抵達妳的靈堂。全家人都到了，妳總是把大家聚在一塊。

身體跟隨流程，一道道送走妳的儀式將哀傷鎖進時間裡，直到家奠，我跪在妳遺照前朗讀追思文，淚水才猛然潰堤。這篇祭父母文是我第一次為妳寫作，我不知道要怎麼描繪妳的人生。讀《哀悼日記》時，巴特引述普魯斯特引述拉布耶爾的書寫：「我們之間的話不多，但我記得她最小的喜好與她的品評。」這段話我重複讀了好多遍，不同天、不同天氣、不同時段，我不知道妳最小的喜好，這困擾著我，但我也是在這層困擾之中完成妳的追思文。其中一段，我這樣形容妳——您敦親睦鄰、樂於分享，喜愛也尊敬大自然，經常主動灌溉路邊沒人照顧的植栽——那段記憶被保存下來，寫作時屢次迸出。

妳和爺爺搬離你們這輩子容身最久的家屋，住進過戶給二兒子的房產裡。妳告訴我，你們花了百萬整理這間透天厝，雖然失去大半輩子耕耘的花園，但妳有了新鄰居，從巷尾到巷口，每一家人妳無不主動打招呼。

我探望妳的路線變了，說不清從什麼時候開始，對我而言的「回家」，不外乎是回到有妳的地方。

某次探望妳，遠遠地我望見妳在巷內和鄰居聊天，我朝妳大步邁去，而妳緩緩走向我，拉我去視察一棟老公寓前棄養的植栽。

「我每天早晚來澆水，妳看，它們好像起死回生。」妳興奮地說。

這是妳生活中最小的喜好嗎？多麼簡單、多麼微不足道，但又包含了偉大的愛護在裏頭。

妳走了之後，我才開始思考家是什麼。妳的一生全處在緊密的家庭關係裡，從家庭走進另一個由妳為核心的家庭，然後在家人陪伴下回歸宇宙。

妳讓我感受到家，就像被棄養的盆栽還有陽光和雨水。

再見妳的臉，臉上充滿厚重的脂粉，那不是妳的樣子，妳已經離開了。

所有子孫圍繞在妳的棺木旁，俯身瞻仰遺容，妳的身體被蓋上一件黃色棉被，上方還有兩個小人和九朵蓮花。室內冷氣吹動妳一頭白髮，我看得目不轉睛。

「現在可以對媽媽、奶奶說想說的話。」禮儀公司的人說。

我腦袋一片空白，請妳好走。蓋棺前，我將一封信放在妳手邊。

「眼淚不可以滴到媽媽的身體上。」禮儀公司的人叮嚀我。

我身為女性晚輩，禮俗所有儀式皆站在最外圍，距離妳好遙遠，好像不夠親密的家人。當法師叫長孫上前時，我真希望自己有根屌，那便能靠近妳或由我請斧。

遙望弟弟手持托盤跪請外家代表封釘，我內心感到複雜。封釘禮俗的緣由說起來有點悲情，古代出嫁的女性少有機會回娘家，萬一不幸在夫家身亡，便會請來外家親戚審視遺體，確認自家女兒沒有被虐待致死，也沒有草草了事入殮，才能把棺木釘上。換個角度想，這習俗也很淒美，像與初戀重逢但無法再續前緣。

「雙膝跪落時，黃金鋪滿地，四時無災殃，萬年大吉利。」法師朗誦，並引導妳侄子在妳的左肩、右肩、左腳、右腳安上福釘、祿釘、壽釘、全釘和子孫釘。

遠遠的，我看見父親咬出子孫釘，面向法師倒退三步跪回靈柩邊。法師帶領全家人繞行妳的棺木四圈，才將妳送上靈車。

妳的所有過去皆聚集此時此刻，完滿了妳的此生。

我們辭謝外家，跟著靈車前往火化場。這是最後一道送走妳肉身的程序，我看著棺木緩緩被送進焚化爐。

「大家一起說：媽媽、奶奶火來了，快跑。」法師叫我們一起唸：「火來了，媽媽快走！」

我彷彿望見火焰覆蓋妳全身上下，冒出不留餘地的聲響，它帶來毀滅同時成為一種重生。

心理學上有個說法，擺脫痛苦最好的方法是憎恨。張曉風說過，「愛的反面不是恨，是漠然。」恨是還愛著的證明，於是很多失戀的人會詆毀前任。這是人性嗎？我始終覺得愛和死擁有同一種詞性，它在發生的那刻便完成了，從動詞轉變成形容詞、名詞或介詞。愛或死相同，它們稀有卻無所不在，它是終極目的。我無法恨妳，因此我讓厭惡其他事物來壓制憂鬱。

家祭時，穿著姓名背心的人，我甚至不知道該用什麼詞彙說明這些到場的人類。他們刺眼、令人反感、噁心。無論是哪位市議員、哪位里長還是什麼黨的什麼人助理都隨便，簽了名、點個頭、曝了光就好換場了吧。

「請問你要幹嘛？」我對一位穿著競選背心的男人說。

「我是里長。」男人硬是擠在家屬之前觀禮。

「你認識我奶奶？」

「我是里長，妳奶奶之前住在我的里。」男人說。

妳和里長要好嗎？我沒聽說也得不到答案。打擾我們的人各有目的。

儀式後表妹提起這件事：「穿鄭什麼背心的那個人一直擋在我們前面，好像人形看板在打廣告。」

妳的兒女輪流回應：

「他們只是在做他們的工作。」

「對啊，有看到一個人一直探頭進來。」

「他還有下一攤要跑吧，可能想知道什麼時候可以進來。」

「司儀不是對門外說了，這是家祭。有請立委、市議員助理或相關貴客稍待。」表妹把我想說的話嘩啦嘩啦說完，我感覺痛快。

妳的身軀徹底在這世上消逝了。

哀傷像微風輕撫全身，未知未覺，也像瀰漫腦中的空虛，未知未覺。

家人們被帶到一個小房間裡。妳的大兒子首先將妳的一塊白骨放入俄羅斯玉石壇中，之後銀色鐵夾遞給妳二兒子，他也撿起一塊骨頭，接著鐵夾傳至妳女兒手上，似乎有時間限制，那鐵夾彷若接力棒，再傳到大媳婦、二媳婦手中，每個人動作迅速俐落，男先女後，直到傳至我手中。烤肉用的鐵夾，一個台幣十五元，一體成形兩片鐵，開口像食指與中指比一個V。我來不及好好注視妳的骨骼，對著破碎的石白，遲疑了零點三秒，比賽要結束了，我是最後一棒，大家在等我完成儀式。我的眼角瞥見一塊較大的棉花白，毫無分辨的時間，拾起，那曾是支撐妳身體的哪個位置？

「奶奶，住新家了。」音落骨入壇，我沒有感覺到重量。

禮儀公司的人請我們離開。這儀式前後有沒有五分鐘？一個人若十秒鐘，手握鐵夾、撿拾遺骨、置入玉石、傳遞器具，七塊妳的骨骸，七十秒鐘，一切都太輕盈、太短暫，和生命一樣虛無。

家人們在火化場外等候，我才開始與當下的情緒交手——內心是多麼渴望將妳一片一片撿拾起，放入那不切實際昂貴的新家，但是這些儀式不容許情緒。我回到方才送走你肉身的地方，目光飄忽於一張表格上，一連串的姓名與時間，相連著火化爐編號與負責的葬儀社。妳名字下面一位亡者的火化儀式即將完成。剛剛喊叫火來了的位置換上一批新的人用臺語喊著：

「緊行！」

一旁靈儀車駛妥，樂手邊行邊奏手中的簫，浩浩蕩蕩一組人，行禮如儀。

我們等候的位置有面告示牌標示著寄放骨灰的價錢，一個月三百元。姑姑盯著告示牌對姑丈說：「你知道我們放一天多少錢嗎？」我在旁聆聽他們對話。姑丈很是感慨，直說那是良心財。不清楚火化場的借放空間如何，但我們安放妳的空間絕對高級一點，一天一百五十元。

「住一星或五星飯店的差別嗎！」姑姑自問自答，露出一個淺淺的酒窩。

站在那，我的記憶不斷重疊，竟已分不清這段交談是在撿拾妳遺骨之前或之後。

歷歷在目，無知無感，我眼前的深刻好像海市蜃樓。

遠遠的，父親從撿拾骨灰的空間步出。他將妳的新居和妳捧在心前，用他的大肚腩支撐胸口上的皮製袋子，就像一名懷孕的人懷抱一個小嬰孩，小心翼翼的。一晃眼，他上了靈車，我們也跟著離開。那裡的儀式會持續到深夜，人來了，焚化死去的人，然後活著的人再離開。

「媽媽、奶奶的儀式圓滿了，你們能恢復正常生活了。理髮、刮鬍子、剪指甲都可以，但記得，媽媽百日前如果收到紅白包，禮到人不到。」葬儀社的人囑咐。

妳的圓滿，卻是我內心的一塊空缺。

回家前，我無意識走進全聯打算採買飲食。順手拿下一盒雞蛋，然後走到紅酒區。站在那，跳過智利、西班牙、美國，我的目光滯留在數字上，三百零九、四百七十九、六百九十九，眼珠子繼續游移，阿根廷、義大利，又是智利，頭暈目眩。我不知道自己站了多久，抓起一瓶法國又放回去。我想喝法國的紅酒，但不想喝波爾多，我可以喝波爾多但不想要西哈，也不想喝卡本內蘇維濃。我拿起一瓶梅洛，沒看到黑皮諾，可能價位比較高直接被我忽略。不確定自己佇立於酒櫃前多久，姑且說是十五分鐘，我手上沒留下任何一瓶酒。我苦惱，為什麼在妳的白骨面前，不能也給我十五分鐘。

我手握雞蛋、背著他人送我的 Longchamp 旅行袋；這包袱今天尤其沉重，筆電、《細雨與呼喊》、電動牙刷、內衣褲、錢包、環保杯，這些物品拖拉我的雙腳，納悶為什麼世界運行地如此急促？看著家門前的紅綠燈，行人專用號誌只剩二十秒。以往這秒數我穿越六線道都綽綽有餘，但現在就算多給我四十秒也不夠。

進入電梯時，我眼角夾進一頭白髮，下意識按下開門鍵，是一名老婦人，她道謝，眼光輕柔地散落在我身上。「不缺蛋了嗎？」嗯，「沒有限購了吧？」嗯，「妳這盒多少錢？」七十二元。電梯到達我的樓層，她又和我說了一聲謝謝。我彷彿聽見妳的聲音，悲傷與眼淚霎時衝出體外，肩上的背帶滑落至手腕，地板上的光滴滴答答，雞蛋跌坐在這條無人的長廊上。

身為女人

我們對性別的認知不同，但同為女人，我們卻擁有相似的脆弱與嚮往。

在我的幼兒時期和少女時代，常聽妳說：「女人必須在家相夫教子，還要懂得三從四德。」

我覺得妳沒有自己的生活、沒有朋友，整天待在家照顧爺爺、等我幼稚園放學。長大一點，我認為鄰居是妳的朋友，社區裡的美髮店老闆也是妳朋友，每位太太發生的事妳通通和我說一遍，有時妳替她們抱不平，有時妳又羨慕她們的人生。我想，妳的朋友還有我，我們一起做好多好多事情。記得有次我成為妳的同夥，幫助妳執行任務。

「陳太太好幾天沒出來倒垃圾，不知道發生什麼事……」妳說。

餐桌上爺爺叫妳不要多想、不要多管閒事，還說了一句：「食不言寢不語。」

隔日放學回家，我看見妳和鄰居媽媽竊竊私語，面色凝重卻在旁人經過時表現的一副輕鬆，就像刻意在對話內插入一句：妳今天晚上要煮什麼呀。

我感覺到八卦。

妳告訴鄰居阿姨們妳曾看過陳太太身上有瘀青，妳好擔心好擔心好擔心。大家也開始默默關注這件事，留意不正常的聲響、留意陳太太的出入，姑婆嬸姨在內心團結起來，每個女人都想確認她沒事。

那天傍晚，陳太太還是沒有出來倒垃圾。妳看起來十分苦惱，我只好安慰妳說也許陳阿姨出去玩了。但妳搖搖頭說：「不可能。」

這件事困惑著我，直到週六下午，妳趁爺爺爬山的時候把我叫到廚房。

「妳幫我去探望陳太太，說奶奶牛肉煮多了想分享一點給她。但如果是其他人開門妳就說：『請問阿姨呢？我奶奶想問候她。』知道嗎？」

我重複一遍給妳聽，妳點點頭，將用兩層布包好的大碗公放到我手中。我捧著比自己臉還大上許多的碗，小心翼翼地朝陳太太家走去。

盯著保鮮膜上滿滿的水蒸氣，我才發現碗內的料理和妳平常煮的濃稠紅燒牛腩不同，那是家裡少見的牛肉清湯，妳燉了一整個早上。

我在陳太太家門前站了很久，找不到電鈴，但就算有我也沒有手按。

陳太太家的綠色大門生鏽了，矮矮的門看起來有點髒。我隔著綠色門上的欄杆觀察，陳太太沒有奶奶的大花園，她的前院只有一台摩托車，以及兩袋垃圾和好多綠色的玻璃瓶。我墊起腳尖、伸長脖子往摩托車後面的門望，希望窗戶裡面有人能看到我，真不知道怎麼辦才好——應該先把碗公放到地上然後敲門嗎？或走回家晚一點再來？正當我猶豫不決時，聽到門打開的聲音。

我見到一個穿著長袖長褲戴帽子的人，臉上掛著棉布口罩，我無法辨認是不是陳太太，但我覺得很奇怪大熱天為什麼要穿這麼多，也許她生病了。

戴口罩的人仍站在門內看著我。我覺得手好痠，很想把雙手捧的這個碗公交給她。想起奶奶教的說法，我決定先開口：「妳好，我奶奶說她牛肉煮多了，想分享給陳阿姨。」戴口罩的人聽完我的話之後把口罩拿了下來，那是陳太太，她沒有要走向我的意思，但她對我說：「妹妹，謝謝妳，請幫我謝謝妳奶奶。」語畢，陳太太把門關上。

那天晚上，妳自言自語說了一句我這輩子沒忘過的話：「還好我丈夫不會打我。」

我認識鄰里中幾家人的「太太」，妳叫我端筍子湯給隔壁巷的黃太太，端鹹湯圓給山坡上的胡太太。印象裡，妳和胡太太要好，叫我稱她為姨婆。姨婆家超級漂亮，從門外仰視可見藍白相間的木製屋頂，有點歐洲風情也有點神祕。每次端東西過去，她總會給我一些進口的餅乾糖果當回禮。隔日還會打電話來要我去拿洗乾淨的碗盤，並給我一袋她早晨去市場買的好料。但我每次去送貨或取貨都只能站在她家花園等著，所以我很好奇城堡裡面長什麼樣子。問妳我們可以去她家作客嗎？妳笑笑地告訴我，姨婆是一個很注重隱私的人。

妳走後，我一直想通知姨婆，但沒有她的電話，除非登門拜訪。我又想寫信投遞到她家信箱，但她叫什麼名字？寫胡太太收嗎？才發現自己完全不知道她們的名字，畢竟她們代表夫家的妻子、媽媽或奶奶，就像鄰居稱呼妳：朱媽媽。

女性進入家庭後就失去了自己的姓名嗎？我想起一個例外——住在我們家隔壁的隔壁的高奶奶，我知道她沒有冠夫姓，我還知道她的姓名。

高爺爺是名飛官，又高又帥，每次看到他都牽著兩條大狗，但我永遠都分不清楚牠們是拉布拉多或黃金獵犬。印象中兩隻大狗的主人很快就換成高叔叔，然後我再也沒見過高爺爺，妳說高爺爺太年輕就離開我們。

那之後，我經常在巷子裡看到高奶奶一個人散步，但奇怪的是我從不覺得高奶奶孤單，她每天都打扮得很優雅，看起來無憂無慮。

妳告訴我，高奶奶每週至少上館子一次，有時候還會自己坐計程車到市區喝下午茶。妳說起這些的時候眼神閃閃發光。妳說高奶奶是上海貴族、是大將軍的女兒，所以她才有選擇不冠夫姓的自由，所以她才有如此自在的生活。

小時候的我不懂，就算萌生不認同也不知道怎麼解釋。我沒告訴妳，有天我在家門口玩耍時，高奶奶拿著一張紙和一支筆到我面前，她寫下樊景珍三個字給我看然後說：「這是我的名字，以後妳可以叫我景珍婆婆或樊婆婆，好嗎？」

我點點頭，看著還不認識的字，念了好幾遍樊、景、珍。

那是樊景珍的堅持和一種身體力行的溫柔反抗。

短暫當新聞編輯的日子，我往往刻意有意識地不讓女人成為附屬品，常把某某人的太太改成那位女性自己的名字，我認為這樣才是對的。也許隱隱約約顧及到妳那輩女性渴望的反叛，並非對宿命，而是女人可以如何被尊重、被看重的心態。

記憶慢慢爬回，一段一段。

從小到大，妳下廚我都得在旁「看著」，妳說見多了有概念，有概念學起來就很快。蔥薑蒜辣椒切成末備著，牛肉豬肉先醃好，妳著手洗菜、切菜，料理的前置作業通常耗時一個鐘頭，接著妳會到客廳稍作休息，飯點前再進入廚房，大火快炒、小火悶煮，炒好一盤，我遞盤子給妳，並將熱騰騰的菜餚端上桌，一道接一道，妳滿頭大汗，絲毫不敢怠慢。我從廚房到飯廳進進出出，此時家中的男人已上飯桌，喝點小酒、吃點小菜。

待所有菜品上齊，妳還得清洗鍋子、擦拭瓦斯爐和抽油煙機。妳說油漬最好馬上處理，堆積起來不好。妳又說，剛做好菜滿身熱吃不下，先收拾好、方便一會兒倒垃圾。大家動筷了，妳沒上桌也是常有的事，從我有記憶以來皆是如此，如今想起來竟有點心疼。

我欣賞妳在廚房的身影，卻也叛逆這迷人的形象。妳認為料理家務是女主人分內之事，我認為家務是家庭成員共擔的責任。觀念不同但對生活的嚮往不見得有太大差異。長大後，我格外喜歡會下廚的男生，對懂得照顧、體恤太太的男人更是尊崇。

回想起第一次把男朋友帶回家，妳要我去切水果、倒水泡茶，我裝聾作啞，倒了一杯水遞給他。飯後理當我去洗碗，但我喚來男朋友幫忙。

「不得了了。」妳這樣說我，眼神同時夾雜著一種難以置信。妳和爺爺叫男同學趕緊坐下來，說我從小被慣壞了，不懂得待客之道，還請他多多包涵。記得當時他很尷尬，該聽從長輩或起身幫忙我呢？他選擇了後者。

「進廚房是女人家的事」——父執輩的標準台詞，但為什麼餐廳的主廚以男性為多數？我時常想不透這個問題。

長大後我發現女性可以不用在家待著，我們受教育，我們工作，我們有自主意識，從身體到心理，從話語到性，從服裝到態度，從默不吭聲到捍衛權利。妳的年代，能讀書便象徵家裡環境優渥或平凡家庭對女兒的恩惠；在我們的年代教育成了義務，儘管仍有受壓迫或遭家庭綑綁的女性存在，但從我進入高中以來就接收了男女平等的觀念。我把這個觀念用行為一而再、再而三的讓妳知道，女生可以獨立、獨居、獨旅，女生可以換工作、換男友，女生可以請男生幫忙洗碗、切水果，女生可以升學、發表觀點，女生可以選擇是否走入婚姻和生育。

高中三年，我又回到半山腰上的房子和妳一起生活。

我擁有自己的房間，是爸爸媽媽曾經的婚房，搬進去時衣櫃上還貼著兩個囍字。那段日子我非常叛逆，成績總是班上倒數。我參加許多社團活動，每天晚歸。父親規定的九點門禁，我天天壓秒抵達。

「沒準時到家，我就打斷妳的腿。」爸爸說這些話的時候，我相信他會做到。如同國小、國中時期考試只要成績不理想，他便履行剪破我衣服的承諾。全校規定便服的日子，只有我一人穿校服上學。

我非常畏懼父親，比如說手機響第三聲沒接，他會在我接起電話時瞬間發飆；比如說，他經常批評我的身材或打扮，穿這樣是要去賣淫嗎！我覺得自己在他眼中是一個噁心的女人，不值得人愛。但妳不曾參與父親的管教方式，我甚至沒有記憶妳當面說過爸爸什麼，好像兒子的家務事妳無法插手。我討厭父親，以致於忘記自己有多麼愛他，那種情感壓抑成疾，變成一種慣性逃避。

週一到週五六點半起床，七點出發去學校。半山腰上的家距離市區遙遠，公車每一或兩小時一班，不像國中時住的公寓，巷口十幾台公車不間斷，十分鐘便能抵達逛街的地方。我漸漸厭煩半山腰上的清幽，交通不便與規律作息或說和祖父母同住需要配合的傳統觀念——睡懶覺或賴床不被接受、超過十點起床是大忌、不能一直待在房間（家裡又不是旅館）、但也不能賴在客廳無所事事（會被說不努力讀書學習），我時常覺得怎麼做都不符合軍人爺爺的標準。於是，我週末同樣往外跑、不願待在家，似乎一心一意想著成年就要逃離這個家。

有次我出門晚了，怕約會遲到因此打算抄捷徑。正午，我沿泥土小路走下坡，屁股蹲低才不至於滑倒。我的下身是牛仔短褲內搭黑色透膚絲襪，上身則穿著一件緊身七分袖橫紋外搭背心；依穿著判斷也許是秋天。我太過在意外表，頭髮、身材、臉蛋，而且老覺得腿不好看，因此就算夏天也要在熱褲內套一條黑色褲襪，彷彿如此便能修飾不夠纖細的大腿。

陡斜小路細長蜿蜒，兩旁雜草叢生。我學習伸展台上的模特兒，將腳步貼緊泥地上的黃，不讓雙腿碰觸到低矮的灌木群。膝蓋曲直交替，終於抵達山下社區。我一隻手輕撫額上汗珠、一隻手伸進紫色麂皮小包包，掏出一面小鏡子，查看自己精心的妝容是否完好。

我一邊用掌心替自己搧風，一邊揮走頂上陽光，這時遠方一個咬食冰棒的男子走向我，他頭髮凌亂，不高不矮，但身上的肉看起來全是脂肪。我避開他打量我的眼神與他擦肩而過，邁開兩腿，望向前方，經過這段稍微擁擠的樹叢後便是民宅了。正當我想轉身確認男人去向時，突然整個人被環抱，一個重心不穩栽進樹叢裡。剛才全身脂肪的男人壓在我身上，他一手拿冰棒木棍抵住我的喉嚨，一手扯開褲頭。

我無力阻止，因此深吸一口氣放聲尖叫。他遮緊我的嘴巴，十分慌張的樣子。我們各自扭動身體，一個要進入，一個要逃脫。冰棍殺不死我，於是我我繼續嘶吼——救命，同時祈求民宅內午睡的老人家能聽見，拜託有人走出來。正當我絕望到要放棄掙扎時，男人有如接回理智線爬起身狂奔。而我火速丟下徬徨，兩隻手按住土地讓自己坐起來。

我的上衣被掀開，胸罩歪斜露出一只乳房，我把它歸位再用力將上衣拉直，快步走離挨得過近的樹叢。

一路上我不敢回頭，也沒有哭泣，好像沒發生過任何事。直到下公車，半小時過去，我的初戀說：「妳遲到好久。」

我低頭盯著黑色褲襪上泥土的痕跡，黃色陰影怎麼拍都拍不掉。

我皺起一張臉，開始哭泣。

這件事一直藏在我心底，不知道怎麼和妳說，當然也不可能和爸爸說。我常想如果是「正常」的家庭，她們會跟母親分享這種事嗎？我母親在哪？她交了新男友，而且我一個月只能見她一面。爸爸的妻子，我的繼母也不算是我的母親，我們不聊天，僅管她中文很好，人也很好，但我始終感覺與她有層隔閡。生母不在，繼母疏離，妳算是我的母親嗎？好像也只有妳能扮演母親的角色。

那三年，隻字片語概述起來，留在記憶裡的是我和男生發生關係，我為了趕門禁而出車禍，我拒絕和母親聯絡，我在學校被排擠，我時常自卑——身體上、心理上及我單親家庭的標籤，但我一律不跟妳說。

到底什麼時候開始，兒時喜愛的家變成我嫌棄的對象？

大學一放榜，我立即申請宿舍，鐵了心搬出去。搬家那天，妳和爺爺搭乘爸爸的車送我到宿舍門口，我卻頭也不回的走，要你們趕快離開。那印象彷若一幅攝影，三個人望向一個大包小包的背影。

我離家，離妳的生活老遠。

和妳之間卡進很多空白，每週回家一次，探望妳和爺爺。妳作息規律，早上五點半起床，盥洗，讀經，吃早餐，聽佛法，練氣功，做午飯，睡午覺，練氣功，聽佛法或看連續劇，準備晚餐，看八點檔，洗澡，唸佛號，晚上九點半入睡。我太習慣妳的穩定，那生活的條律使我安心，好像不需要特別關心妳。

沒想到癌症也規律出現。

大三那年，妳罹患淋巴癌，在醫院裡住了幾天。我去看妳，似乎才第一次意識妳會病痛。

放學後我來到病房，妳正要吃晚餐。醫院伙食沒味道，妳問我有沒有其他好吃的。我不確定自己是否打破規定帶外食給妳，但我腦中確實找回了那天的畫面。我躺在陪病床上看著妳，巨大的妳，蒼白又泛黑的臉仍對著我微笑。我仰視妳溫柔的眼角與嘴角，聽妳說：

「他們真的太好了，我好謝謝醫生、護理師和護士。」

妳告訴我，他們好辛苦，早上來、下午來、晚上來，半夜還來，每個病人的狀況不同，他們要記得好多事情，他們看起來好累，但他們總是安慰著病人。

那晚我睡在妳身旁，妳的打呼聲從晚上九點半持續到凌晨一點，忽大忽小、忽明忽滅，導致我無法入睡。想起小時候我根本沒有睡眠問題，躺在妳身邊和妳一起三秒入睡，安安穩穩一夜好覺。但打從離開山腰上的家、離開妳，我就一直睡不好。

摸索多年失眠原因，神經內科、精神科、腸胃科、心理諮商、中醫，做了各式檢查全都正常。我嘗試各種健康方法，有氧運動、瑜珈、呼吸療法、曬太陽、睡前遠離電子產品、穿睡衣、調控屋內燈光，甚至還聽從醫師建議中午前喝一杯黑咖啡，出生以來第一次喝咖啡並養成習慣，僅是為了調節自律神經，可惜效果有限。西醫開藥給我助眠：長效型安眠藥、肌肉鬆弛劑、鎮定劑、抗焦慮藥物……我吃完那些藥早上常起不來，昏昏沉沉或感到低潮。記得有位精神科醫生提議和他一起進行催眠研究，他說：「妳二十初頭就有五十歲更年期婦女的症狀，太有意思了，值得被研究。」他眼睛一亮，馬上為我排好時間，十次療程一次三千五，必須自費。回家後我左思右想——被他催眠後得獨自睡在他的工作室，有點可怕，於是我取消約定。後來我發現只要在妳身旁，便能感到放鬆還會充滿睡意。這件事神奇到不可思議。我觀察妳房間溫度、枕頭高度、床墊軟硬和氣味，但心理是不科學的，我在少了妳的空間裡仍舊失眠。

追根究底，我歸因於妳給予的安全感，那份溫暖支撐著我，好像在妳身邊天塌下來也沒關係。

凌晨一點，妳醒了。妳說難受、全身不對勁。但妳不願打擾醫護人員。

「我想吃優格。」妳說。冰冰涼涼還要有橘子瓣的那種優格。好。半夜三點我替妳拿來水果優格，妳吃了兩口又放回我手上。我的疲累從下巴爬到眉頭，襲滿整張臉。

正要躺下來，妳要我扶妳去廁所。

「晚上的醫院好恐怖。」

把妳安放到馬桶上，打算留一點隱私給妳，關門時妳叫了一聲：「不要關，我怕。」

我走進廁所，背向妳，還是把廁所的門緊緊關上。妳坐在馬桶上好久，無聲。我轉頭看見一張扭曲的臉，妳的眼睛像是上了鎖。

「奶奶妳還好嗎？」

「我上不出來。」

我把門打開，走出廁所並留下一個縫，然後整個人擋在門前。一分鐘後，妳說好了但沒力氣套上褲子。我感覺時間很漫長，其實不過照顧妳幾小時的事情。我們回到床邊，這次妳要喝很燙很燙的水。

「奶奶，喝完水我們睡一下好嗎？我好累。」

妳沒回應我，只是站在窗邊看向一片漆黑。我也沒有理妳。怎麼一場病讓妳變成一個大小孩，凡事都要有人陪伴、凡事都要別人處理。

天漸漸亮，妳躺回病床上。

「因為我，妳都沒有睡好。」妳心疼的看著我，又回到奶奶的身分。

大四實習，我幸運地拿到職場門票，興高采烈、迫不及待獨立自主。沒想到剛出社會就因為組織改組而失業。我想盡方法出國交換、實習或工作，多年來也沒闖出什麼名堂。和妳一年幾次見面，妳總要我嫁人。

「我覺得妳嫁給外交官不錯。」妳說。

我覺得妳好天真，自己哪有能力攀上外交官，但又歡喜妳把我當成無價之寶。隨著我年齡增長，妳開始擔心，老掛上一種要開口不開口的臉，遲疑之後又換成好奇的語調：「妳都沒對象嗎？」

我不反感妳的關心，但太多事不知道如何和妳說。

我交往過幾個男朋友，每次和他們母親吃飯，話題流轉到家庭時總要上演幾段尷尬，台詞大概是：「我父母離婚」。哦。但「哦」之後的句點，對方母親臉上都有種以為掩藏得很好卻無限吐露在意的神情。甚至有可愛的男孩直接告訴我：「媽媽說單親家庭的小孩性格上會有缺陷，但我知道妳沒有。」也有媽媽含蓄，不表態不反對，但幫男友安排相親。等我知道要發脾氣時卻得到一句：「又不是我自願的。」

有些事確實非自願但可能有選擇的餘地。

作為女人肯定渴望一個深愛自己的丈夫，彼此攜手到老，像童話故事裡的公主一樣永遠快快樂樂。不過現實經常使我冷感，例如，每當我想像婚禮上爸爸媽媽不能同桌，或爸爸不希望媽媽到場，那可以邀請外公外婆或媽媽那邊的親戚嗎？這些顧慮很麻煩更難以選擇，所以談感情時，我只好把原生家庭隱藏起來，好像把一部分的我擺到一旁不去碰觸，怕對方嫌棄，也怕聽見外人批評我的家人。

我不確定自己是否和妳提過這些困擾，但久而久之妳從希望我嫁給醫師、嫁給外交官的期盼，改口：「我相信妳一個人也能過得很好。」

圓滿

parousia，希臘文意思為存在，而妳始終是一種在我身旁的存在。

妳離開的第十七天，喪葬儀式全數完成。

第一次造訪五指山軍人公墓，我感覺到正氣凜然。

入塔儀式很簡單，沒有另外請法師。妳的女兒準備芒果、梨子、蘋果、柳橙各別三個，還有飯菜、茶水讓妳入新居前先飲食和觀察環境。

我父親代表祭拜，他說：「媽，住新家了。以後請祢保佑子女萬事如意。」

我聽到他說子女而非子孫，他用詞前的停頓很細微。

我的腦袋空洞，甚至連哀傷也難以專心。

妳搬進中、少校這層，與許多已故軍人夫婦住在一起，希望妳能找到說話的伴。

回程路上，姑姑說這是她為妳挑選的死後居所，遠眺臺北城，風景很好。她死後也想放在這，和姑丈一起。我覺得她想和妳作伴。

下山的路似乎沒有上山來的崎嶇，三十分鐘車程，我們聊靈魂，聊自己期望的喪葬方式。

表弟不想葬在山上，如果可以便撒在他熟悉的環境，最好在便利商店附近。表妹不要儀式，也不需遵循良辰吉日，死了直接火化即可。

「看新聞說，美國很多人把骨灰帶到迪士尼，後來迪士尼嚴正禁止遊客撒不明粉末。」表弟轉述。

「要是可以葬在迪士尼裡我也要。」表妹說，她的聲音好輕快。

我看向窗外發現一隻白色小蝴蝶，同一時間姑姑驚喜地說：「看，那裡有藍鵲。」

我看見牠長長的尾翼，那藍發光般顯眼。

「不要好了，環球影城感覺更好。」

「每次進到遊樂園，都有種很奇妙的體驗，好像不在這個世界上。」

表弟表妹一人一句，我心想原來這就是所謂的異質空間，有別於生活的另類空間，彷彿不存在生與死。沒說出口。妳走後我又更寡言，這些學術討論不需要分享，賣弄知識可能令人反感。

「姊，妳呢？」表弟問。

我聽到姊都會愣一下才能反應，這種尊稱和外面工作場合的不同，ＸＸ姊總令我感到壓力，社會對前輩的一種不見得為尊敬的必須，也是讓女性感覺到年齡增長的一個方式。但表弟在姊前面還加了我的小名，是他父親習慣的叫法。家族裡只有三個人習慣用疊字叫我，而且發音都不同，一聲＋三聲，二聲＋二聲，三聲＋二聲，以文為例那便是：溫穩，文文，穩文。光叫法我就能分辨叫我的對象。表弟選擇了和他父親一樣的叫法，我停頓好一陣子，他以為我在思考。

「海，我想被灑進海裡。」我想回歸自然而不要人造的另類空間。如果城市變遷，熟悉的環境不再便利與熱鬧，或少子化遊樂園變成廢墟，我腦中一堆預視——所有歡樂統統變得恐怖。海不變卻萬變，海會帶我漂流去到任何地方。但關於想法我什麼都沒說。

曾聽聞一則鬼魂訪談錄，是一個名叫水澤的日本人的親身經歷，發生在二〇〇一年。他說自己在鬼壓床時和死去的人暢聊，於是得知一部分人死後的世界。故事裡和我們認知的接亡靈、死後審判雷同，唯一亮點大概是人死後，魂魄可自行決定要不要被接走和轉世。若不接受死亡事實繼續留在人世，那靈魂就會繼續漂泊，直到消逝成一個靈球，類似一粒微小原子。這種說法彷彿在科學中加入了一點浪漫，綜合宗教和民間習俗，認為死後儀式包含葬禮皆是為了讓死者知道自身已亡，要和死神前往別的世界。這讓我想到約翰伯格《我們在此相遇》，他描寫母親的靈魂死後選擇住在里斯本。不知道妳的靈魂死後會去到哪裡？

告別式後我和表妹聊起妳，她說：「我對婆婆沒有什麼特殊情感，但她是我媽媽的媽媽，我想陪伴媽媽走這一程，送走她的媽媽。」

我們認為妳是個令人尊敬的母親，三個兒女十分孝順，兄友弟恭、妯娌之間也無嫌隙。至少身為晚輩所見的一切，是妳主持這個家、經營這個家，把兒女子孫聚在一起，關懷並扶持大家，讓絕大部分的時光團結和諧。

「這點真的很不容易。」表妹說。

我想所謂「圓滿」是妳的存在完整了大家。

妳住進新家安息至今過了八又二分之一日。意識不斷提醒我該過回正常的日子——什麼是「正常」的日子？我回校上課、做作業、和教授討論論綱，申請翌年的藝術駐村計畫，出席展覽活動。當開始意識那意識到的正常日子即是不停地追逐，有功能甚至有目的的創造，到底創造了什麼？

妳走後，我看的第一檔展覽是吳瑪悧《盪》。展內「辦桌區」架設多個投影幕，播放來自他鄉民眾的飲食故事：上海阿姨包餛飩、福佬婦人講解坐月子。我不專心也沒慾望認識他人的故事。三個紅色大圓桌，上方擺放輸出的肖像攝影、iPad 和一張邀請互動的說明，觀者可以寫下一道菜的食譜，分享和自身遷徙有關的菜餚故事。我定格在鵝黃色的一片空白上，告訴自己可以坐下來懷念妳的好手藝。

三十秒不到我竟如坐針氈，我不知道要用哪道菜紀念妳。

展場頓時像頭被噤聲的獸，而我呆佇在牠口中。腳步引領我逃，最終抵達一面貼滿眾人味覺經驗的牆，一張張鵝黃色的紙寫著：阿嬤手作的蘿蔔糕、祖母拿手的母狗魚丸、不會做飯的奶奶煮的愛心蛋包飯、阿婆ㄟ鹹粥……每張民眾參與都牽動我連接妳，這場無語溝通卻開啟交換生命的過程。

妳的料理方法內建於體內，家常僅靠耳濡目染或口傳：「鹽巴一點點、醬油兩湯匙、糖也是加一點點就好。」多大的湯匙？我在電話裡問妳。「一般的那種啊。」一點和一點點的差別是什麼？「唉呀，妳不用用嘴巴嚐啊？」

我沒有承襲妳任何一道家常菜，也不知道什麼菜能代表妳，這困擾著我。

那天我問室友：「妳最喜歡家裡煮的哪道菜？」

「硬要選的話，我媽做的麻油雞吧。」她難以抉擇，又唸出一堆菜名。

我媽媽好像很會做餅乾，但我沒印象她的家常菜，我自顧自地說，應該是奶奶的牛肉麵。

小時候我最期待妳滷牛肉，因為可以吃到牛肉湯麵，自己一碗不用夾菜，我喜歡那種感覺，然而我卻難以找回妳最後一次為我煮牛肉湯麵的記憶。

妳不在的第一個除夕，我叔外帶一桌年菜回爺爺住的地方，八菜一湯擺上四人方桌，熱鬧的連筷子都擠不進。大家捧著碗品嚐，我覺得那口味和超商微波食品一樣，吃起來沒靈魂。

收拾塑膠餐盒時我問嬸嬸，奶奶什麼時候開始不下廚？好幾年了喔，從她癌症復發開始，也可能是她搬離半山腰上的家之後。沒有人確定。記憶非線性，還曲折離奇真假難辨。印象裡，妳離開那棟花園透天厝後，大家便鮮少一起吃飯，幾次全家人在餐廳包廂聚餐，同樣的人圍成一個圓、同樣滿桌子飯菜，我竟連一次餐廳名稱、餐點內容都想不起來。不禁納悶不好吃嗎？或者我不認識廚師，不見他辛勞忙活的身影因此過喉下肚的食物，全順理成章排泄出體內與腦海？

我想是因為妳。由妳打造的餐桌無人能取代，早已超越形式上、物體上的那張桌子被賦予家的意義。妳積年累月疊加的酸甜苦辣，我甚至難以挑選一道佳餚代表，如愛一般抽象。餐桌上承載的不僅是妳精心烹飪的手藝，還反映著我們每個人的臉龐和喜悅，以及被妳滋養的回憶。

癌

妳罹癌四次，親人和街坊鄰居都讚賞妳是抗癌勇士，
但我們卻不曉得妳的身心壓力。

我漸漸淡化情緒，似乎腦中有個機制是通過寫作沉靜後，一道接觸妳的門隨即封印，儘管門上貼滿所有我對妳的懷念。也許腦洞裡真有那麼一個像門的抽屜，但記憶深處的東西不再由彼此創造更新，僅由我持續以詮釋迴響屬於我們的記憶庫，比如說我閱讀妳的病歷。

我向姑姑詢問妳的病史，她把妳的死亡證明遞到我面前問：「申請病歷還需要什麼？」

「法定繼承身分也就是直系血親的身分證。」

姑姑起身尋找皮夾，抽出身分證交給我。

「妳直接給我？」我瀰漫詫異，這就是家人之間的信任嗎？

「妳不是需要嗎？」

「是，但妳最近不會用到嗎？我安排這週去申請，下週才能拿來還妳。」我對造成他人不便的可能總是迂迴到不行。

「喔，沒關係。」

姑姑的口述記憶不多，但她把妳第四次罹癌過程的支持說明小卡、轉移性骨癌小冊子、治療手冊和藥袋全交給我。

「這些資料我準備丟了，正好妳問我病歷……」她翻開治療手冊，食指掃過手術日期點在手術方式上：「這邊可以看到乳房全切除，腫瘤大小3.2公分，轉移到淋巴。」姑姑有條不紊地說明紙上內容，一隻食指在病理報告上滑來滑去，又落至「（15/24）」的地方。

妳的癌細胞轉移到十五條淋巴結上。

好抽象，我難以理解其中的痛苦。

翻閱佔領妳身體三十年的癌症資訊寶典，我在文字中感受複雜、在認識中感受茫然。

姑姑介紹用藥，復乳納、擊癌利、法洛德和癌伏妥，「奶奶吃癌伏妥最難受，副作用是口角炎，奶奶那時根本不能吞嚥，必須用類固醇漱口。」

我邊聽邊在筆記本寫下類、固、醇、漱、口。我對妳的疼痛一無所知。

「妳想知道什麼？」姑姑問。

我只是想了解妳身上的結，縱使一切結束了。我提起閱讀西西的《哀悼乳房》，提起我從妳離世後每天寫日記，提起我如何透過寫作沉澱狂風暴雨般的情緒，姑姑難得點頭如搗蒜地看著我。

「對！我前幾天才讀到一篇文章講他媽媽過世，他在寫祭父母文時回想他母親的為人以及如何待他，我才問自己當初怎麼叫妳寫追思文，我怎麼不自己寫……」姑姑說。

「奶奶的後事全由妳包辦，妳要處理太多事情。」

「不。我還沒準備好，也許有天我會寫一篇我的祭父母文。」姑姑說。

記得姑姑在某段談話時掉淚，或許是這個時間點上吧。真的很難得見到她的眼淚。

我著手整理桌上散漫的紙張，拾起每一張皺疊溫度的記錄，姑姑抄寫妳的心跳、血壓、血糖、體溫、體重，還有密密麻麻的表格，WBC、Hgb、SGOT、SGPT、Cr、Glu、CEA、Ca-153，日期、數值，並備註副作用，姑姑的字跡像妳，但稍顯潦草。

她拿起一張紙說：「醫生說得太快，有些我來不及抄。」

醫生說的話她會先上網查，不懂的部分等醫師老公到家再詢問。我好敬佩她。記得妳也說過這個女兒是妳的福氣。但姑姑個性直爽、有話直說，妳很常因為她的話而受傷。

「妳問奶奶的病史有什麼目的嗎？」姑姑總共問了兩次。

「奶奶四次罹癌但每次轉述病程都很平靜，我很少關切她的內在。」

「我是做事的人，陪她記錄這些數據。我比較不會也沒有去注意她的情緒，我認為發生在身體或心理上的苦痛，必須自己消化處理。」姑姑說。

是。

我參與妳人生的最後三十二年，從罹患癌症到死於癌症，但我卻幾乎不認識妳的恐懼和脆弱。

那感覺有點像剩菜的故事，母親無怨無悔照顧丈夫和子女，永遠把最好的留他們，子女竟荒唐地以為母親喜歡吃剩菜。藏起自身勞苦、喜好甚至病痛全是母親的體貼。

有次我問妳心情（而不是哪裡不舒服），妳回答我：「我想寫封信謝謝醫護人員，他們好辛苦、好盡責，我不知道怎麼寫，妳能幫我嗎？」

那是妳手術完二次感染出院之後的事，彷彿一切全然過去。

我與已知確認妳抗癌的蒼涼，卻得到妳的堅強。

《世界是薔薇的》後記有段話，「生命中有種種凶險，大凶險才有大美麗。我們肉身經歷一次又一次的劫難，斷臂立雪，體露金風，最後變成一朵微笑。我常微笑看人生，覺得值得一活。」如果早點知道這段話，或許我可以用來安慰妳。

妳始終在處理創傷，肉體上的和精神上的，無法浪擲。

死亡，類似一方非自願斷聯。我和妳斷聯了，也想和世界斷聯。

五月，一個屬於母親的月份。串流影音推薦和母親相關的電影和節目，朋友圈貼文充滿曬媽媽文，我意識到這是第一次沒有妳的母親節。

母親節前夕我做了一個夢：公園裡，全是媽媽與孩子，他們叫我老師，當孩子們把康乃馨送給媽媽後，有三位母親走向我，將綻放完美的花朵送給我，橘色、粉色、鵝黃色，我收下並道謝。夢境裡的康乃馨彷彿最後一次登台的舞者，在激昂的樂曲中獨舞，她的雙手與腳尖貼合，裙擺的皺褶藏滿時間，僅剩下一個端點碰觸地面。此時，她的身體慢慢綻放開來，彼時，錦簇的花瓣瞬間脫離花托，舞者彎曲腰椎，姿態有如即將隨風而去。

在我出神的欣賞三朵康乃馨時，其中一位母親的女兒拉了拉我的衣緣，將一張白紙遞到我手中，綁著兩條馬尾的她說：「我不知道要畫什麼。」

夢中的我好清醒，曉得這是夢。

「妳畫什麼都可以。」我說。事實上「我不知道要畫什麼」不是孩子會說的，那是養老院長者對我說過的話。

母親節這天，我用無聲的方式祝福家中的女性長輩。現代人溝通便利地如單向道，傳個訊息意思就到了。

慶幸的是我無法這樣待妳。

我懷念與老一輩相處或老一輩習慣的交往方式，打市話、寄信、登門拜訪，突破距離的浪漫。妳也是這樣。要找妳必須打電話，那必須在同個時間點上說話、交流、溝通。每當想念妳，只能選擇打家裡市話或回家探望，因此我們的互動始終充滿聽覺或環境五感，某通電話裡的電視聲，或是回家路上的雨味，我和妳面對面感受妳矚目我的神情，或妳飲食津津有味的模樣。

妳活著的七十九年裡，只有生命最後一個月擁有「科技」。回想，妳幾乎不曾主動打電話給我，但也許只是妳不知道怎麼聯絡我。

「妳可以講電話嗎？我夢到妳，必須趕快把這個夢告訴妳，我怕我等等忘了。」妳說。那是唯一一次妳叫玲玲打 LINE 給我。

我準備去吃飯。一路上城市的喧囂讓我聽不清楚妳的故事。

妳說我帶一個攝影師回到半山腰上的家，隨行還有一名模特兒，我們在妳的花園裡拍攝。

陽光下的冰塊閃閃發光，一下便融化了。

妳的聲音一會兒堅定有力，一會兒虛無飄渺，我這頭城市的聲響繼續，吊車、救護車、汽機車呼嘯。我太想聽見妳但我找不到暫時隱蔽自己的地方，我不停移動而妳的話語也沒間斷，最後妳問我：「妳明白嗎？」

關於妳夢境的寓意，畫面和場景或妳看見我看見的彼此的隱喻，我不懂但仍說了一聲嗯。

「好啦，我累了，妳快去吃飯，吃好一點。」妳說完直接掛掉電話。

我在手機的備忘錄裡找到幾個關鍵字：冰塊融化，人生，攝影師拍完匆匆離開，不知道年輕人要拍的是什麼。妳的潛意識想說什麼？我擱著這份探問好久。

未知讓悲傷沉下去，懸念順勢穩住了心情。也許有天我會明白。

奶奶躺在褪色的粉橘被單上，眼簾低垂，口中唸著佛號：耆吉囉阿悉陀夜．娑婆訶。

等待早晨第一台刀，我注視奶奶手背上麥克筆畫出的 L，和一圈被水沖淡的圓。

「阿姨，還好嗎？知道今天做什麼手術嗎？」護理師握起奶奶的手，確認上面的記號。

「你們不可能割錯啦！」奶奶比了比右胸，空的，三十年前，乳癌第三期，右乳全切。

我陪伴卻不知道如何安慰妳，馬上就要進手術室了——我和姑姑跟著病床快步移動，妳的臉越來越白，白得沒有層次，像被印表機吃進去的紙張，吐出來時一點油墨也沒沾上。

一面無力的白。

「我好像一頭待宰的豬……」奶奶進手術室前拉住我，嘴唇顫抖，然後被迫鬆手。

我的手腕留下一圈妳臉上的白。

姑姑輕拍我的背，單薄溫熱的手掌充滿力量，彷彿在說她見過太多。我們坐在中正樓二樓，一整區藍色塑膠椅，在座的家屬神情凝重，只有姑姑看起來輕鬆自若。她指向我們頭上的電視說：「妳有看到嗎？奶奶的名字在那，我們可以看到手術時間。」

一台台電視，一個個躺在手術台上的病患，以及一些些憂心忡忡的家屬。姑姑問起我在外工作的心得，也問起未來打算，時間並沒有過得特別快或慢，簡述一年半的外地經歷，再報告接下來的短期計畫，一晃眼便接近中午。奶奶手術完成，進入恢復室。

我待在妳的病床邊，好像等待妳清醒是必要的守護。

「啊！」妳使勁地吐出聲音，手指頭動了兩下，隨即又睡去。

隔壁床的婦人抱著《聖經》，正在細讀〈但以理書〉：我舉目觀看，見有雙角的公綿羊站在河邊，兩角都高。這角高過那角，更高的是後長的。我見那公綿羊往西、往北、往南牴觸。獸在他面前都站立不住……

家人們陸續到齊，準備換班。妳醒來，十分虛弱，但我記得妳開口對我說的第一句話：「打麻藥之後，我看見面前出現一把屠刀，閃啊閃的。」

我在蘇州時得知妳癌症復發，這順水推舟影響我對職涯的遲疑——異地發展很現實，兩年、五年、十年都是坎，無論在哪生活，總是離不開成家立業。兩個同樣登陸工作的好友，一個娶了上海太太，一個嫁蘇州先生。我讓妳癌末的消息成為我離職的藉口，還有些合理化不續留外地的打算。

妳第四次罹癌到妳離世歷經了三年。妳的病程科技記載一部分，醫學又證實了一部分——癌症第四期存活率二至三年，五年存活率僅百分之二十，這是我在妳開完刀後得知的數據。

發現乳房有異狀、安排穿刺檢查通常需要一週，等待報告也需要一週，然後再等待一週入院進行各式檢查，整整三週的等待，而這種等待充斥著對病況的忌憚。手術後，妳的傷口多次發炎，反覆高燒無法出院，我記得妳在醫院待了整整三週。

我沒有參與太多妳的病程，作為孫輩，探望、陪病勉強稱作孝順，不用出錢、不用跟診，也不用負責照顧，這讓我有機會觀察所謂的照顧，政府的、機構的、私人看護和子女身體力行。我發現人自出生至死，似乎都無法構成真正具體的孤獨。

我們包圍著妳，答應妳需求，但病痛在妳身上的打擊連醫師也無能為力。

追探妳後半生的抗癌歷程有如找尋三十年來掉落的頭髮，無論是剪下的或自然脫落的，頭髮不再生長卻一直活著、一直在呼吸，像埋在腦皮質裡的記憶。

妳死後我開始蓄髮，因為我相信頭髮在生長時會收集腦裡的思想，以一種不確定的分子形式將思想延續。

想起每次我帶著短髮回家，妳總會特別關心我，有什麼心事嗎？怎麼剪短了？我沒有失戀也不是情傷，單純喜歡自己短髮的樣子。爺爺則會皺眉碎碎念：「像個男孩一樣……唉。」

妳永遠支持我，說短髮的好：涼快、好整理、俐落有型，而且女性決定頭髮的長度、打扮都是身體自主的一部分，女生可為自己而容。多數印象裡妳都是短髮，而那頭瀟灑的灰白髮也曾烏黑秀麗。某次，我拿著老照片：「妳以前怎麼燙這種黑人頭，好好笑喔！」妳看都沒看就回了一句：「那是假髮。」我的意識隔了三秒才開始責怪潛意識，靜默好一會兒。

原來童年印象中妳的爆炸頭是假髮，那個造型持續了多年，直到新生的毛髮長齊，妳才能毫無留戀地把它扔掉，就像擺脫一段痛苦。

妳走後，我又一次走進照片站在妳旁邊，暗自思忖疾病是否使妳更強大、是否形成為了活下去的力量、是否讓妳變得自由？

首次罹癌後妳變了，懂得對自己好一點。妳踏出家門，周遊列國，畢竟生命只剩下五年，妳要為自己快活一陣子。

爺爺陪妳去看大江大海，去賞大瀑大雪，紐西蘭的庫克山、溫哥華卡皮拉諾吊橋公園，妳站在風車前春風滿面，又駐足布蘭登堡門前留下和顏悅色的到此一遊。相簿裡封存好多個妳，高聳的顴骨堅毅穩重，平順的眉稜自信優雅，圓潤的下巴笑起來盈滿灑脫，心裡連一點憂愁的影子也沒有。

我一張一張地閱讀妳的表情，妳的容顏，還有妳身後的大背景。

兩岸開放後，妳陪爺爺回湖北老家，同時走遍中國景點。

頤和園裡妳穿著一席桃色改良式旗袍，手臂肌肉線條貼合剪裁，展現量身定做的講究，裙長搖擺於小腿肚上，露出來的脂肪延伸至低跟鞋邊緣，看起來軟軟的。

把握著醫學預測的壽命年限，妳一身紅色運動套裝去了黃山，看起來很驕傲，比飛來石還得意，像征服了體內的惡，才見到令人屏息的光明頂。

相片畫質慢慢變好，相簿也變得大本。

我的視線緩慢留戀各種開心的妳，發現妳臉上多了皺紋。妳穿著一件正橘色墊肩西裝大衣內搭花色襯衫，置身於杜甫草堂和李白故居，有點文青的感覺。突然發現一張妳站在千佛洞窟檐前的獨影，那景色讓我欣羨，妳看起來好霸氣。不過多數照片還是妳和爺爺在景點前的合照，兩個人站在一起，有種《阿諾菲尼夫婦》的莊重正式。

儘管癌症讓妳失去了一邊的乳房，又因為化療失去秀髮，但這些失去變成妳為了活著的承擔。妳的假髮，如同在現實苦楚裡陪伴妳抗衡死亡的虛妄，妳得擺脫它，好讓貌似頭髮的生命，因抵抗的痕跡而飽滿充盈。

妳打破醫學計算的存活率，自律自愛多活了四個五年，儘管淋巴癌、卵巢癌相繼找上妳，但妳仍積極抗癌，恢復良好。同時間我大學畢業、出社會工作，那陣子回家探望妳和爺爺是種壓力，我覺得自己比較像你們的小女兒而非孫女，因此和妳抱怨：「別人每年過年才看一次爺爺奶奶。」

不知道是否傷了妳的心，但妳從不要求我回家，甚至也不曾說妳想我。爺爺則會打電話來罵我不懂得關心家人、沒有良心，兩週沒交集就被說成消失，「連一通電話都不知道打回來，白養了」之類的控訴。無論如何反感，我內心被灌輸不回家等於不孝順的罪惡感，但也僅限於對妳和爺爺，其他人完全起不了作用。

每當聽說我要回去，妳總會提前張羅食材，等到我回家的日子才把魚退冰料理，這是妳一直以來為我做的事。我好幾次辜負妳，爽約探望，爺爺在電話那頭生氣：「妳奶奶為了妳中午就做好一桌菜，沒等到妳。」

「沒關係，我只是怕妳回來沒東西吃。」妳說。

第四次罹癌，妳從百分之百的照顧者轉變為被照顧的對象。

某日午後回家探望妳，我見爺爺在客廳生悶氣。

「我早上散步去 SEVEN 買泡麵，真好吃。」妳說。

爺爺坐在沙發上癟著一張嘴，他說妳自私。

「他不肯吃泡麵我也沒辦法。」妳同時宣告不煮晚餐了。

我可以出門買晚餐，十分尋常的事，但爺爺不習慣外食，更別提泡麵了。你們在意的不僅是這一餐。丈夫接收到妻子罷工的現實，而妻子認為丈夫沒有體諒自己五十多年來的付出。我低著頭，內心感到奇異，這個衝突點在你們心中有如巨浪翻騰。那次之後，我再也沒吃過妳煮的菜，但我替妳高興，妳終於在這個家退休了。

僅是回首三年時光就發現是人多麼健忘，記憶錯亂又狡猾。

我把過去兩年的行事曆翻出來，一頁一頁地讀，一月二十一號回爺奶家、二月十號回奶奶家、三月三號回去看奶奶、四月七號回奶奶家、四月二十三號回爺奶家，有時提醒會被整行劃掉，有時提醒後頭會打上一個小勾勾，有時提醒旁會加註，如取消、改期或寫上時段。我無法分辨「回爺奶家」與「去看奶奶」是否有別，不確定妳那時是否借住在妳女兒家。

妳的癌度過新冠狀病毒，還獲選加入一個新型標靶藥實驗，同時間我考進研究所；我開始研究，妳開始被研究。

行事曆留言，投稿、落空、加油，有時會瞥到書籍或電影名稱，《字母會》、《集中營的攝影師》是個好發現，總比吃飯兩個字好多了。從大事項到小細節，筆記上堆疊雜亂的字跡，不大有情調的生活痕跡。我闔上一年，翻開二〇二二年的紅色外衣，一天一面的空間轉變成一週兩面，六月十九回家、七月十號回家、八月八號回家、八月十九探望奶奶，「探望奶奶」表示妳已經搬到姑姑家休養。我見妳的頻率下滑，取而代之的是課程報告、展覽或表演名稱以及美術獎：新北美展、桃源美展、新藝獎、高雄獎，我看見追逐、看見貪婪、看見停不下來的嘗試。

碩一的第二個學期，妳主動叫我去找妳。

我才坐下來，妳便掏出一個橡皮筋綑住的紙袋要我打開。裡面是一個發皺的白色信封，上頭印有一個沒見過的名字。

「這是誰？」我疑惑。妳搖頭說不知道，一個不要的信封，不重要。

「我沒有紅包袋，藏在這裡也保險，別人看不出來是什麼。」妳說。然後硬是把一疊千鈔塞進我的胸口，我推回去，告訴妳我有在打工。妳看起來很累，一把又推回來。

「收著，我不知道能幫妳幾次，省著點花。」妳說那是去年的壓歲錢，一直存著要贊助我讀書。

行事曆上，八月十九探望奶奶，一旁備註奶奶給我註冊費。

回家

有些陌生稱作血緣濃。

妳離世滿月，經過了完整的月亮週期，《哀悼日記》該還了。

我把書本上標籤一一撕除，作為第四個暫時的主人，與前一個借閱紀錄整整相隔三年，書本沒人翻閱會不會寂寞？唯物論者恐怕會認為這些書本造就我的思想，確實也是。但現在我得讓它們回家，回到圖書館的架位上。

翻至折角處，那頁內容印刷著：

1978.8.11

翻閱一本舒曼的唱片集，
立刻想到媽媽很喜歡一首他的間奏曲
（有一次我曾在廣播節目中安排播放）。
媽媽：我們之間的話不多，我安靜不語
（普魯斯特引述拉布耶爾的話），
但我記得她最細小的喜好和她的品評。

妳最細小的喜好為何，如果能有個答案，會是什麼呢？

我經過了慟（極端哀痛、過度悲傷）、悲（傷痛、傷心）、哀（憐憫、悲傷）、喪（一聲：有關哀葬死者的事宜）、悼（悲哀、傷感）、惆（悲愁、失意）、惋（痛惜、驚嘆）等過程，時間和大腦共同作用，將這些激烈的形容詞隱藏起來。回頭再讀萬念俱灰寫下的札記，文字居然理智清明。

現在我足夠沉靜甚至不感覺到難過，可以笑、有食慾、想與朋友見面，會焦慮也恢復失眠；《科學》曾刊登一篇研究，說明大腦為了穩固記憶和認知功能會分泌腦脊髓液，清除腦中代謝的廢物，把不需要的資訊抹去，使大腦有空間運作，然而腦脊髓液必須在睡眠階段才會產生，因此當人遇到不願留下的傷痛時光，大腦會下意識阻礙睡眠，避免分泌腦脊髓液同時阻礙深化記憶。反觀自己竟悖離這項研究，妳逝世後兩週我每晚都睡得很沉，我相信是妳來到我身邊幫助我好眠。

哀傷的皺摺被撫平，妳不在世的難受變得遲鈍。

七七四十九天，妳離去的第七個七天，我夢到妳。我坐在半山腰上的房間裡和妳說我睡不好。翌日，我和現任屋主——我的父親——預約時間回去那棟透天厝。

十年後再訪，上山的坡沒有印象中陡峭，兩旁的樹木茂盛地壓向柏油路，讓人感受原始力量，宛若準備吞沒這條人造途徑。

我沿著一片綠意和一排依山而建的屋子來到家門口，趑趄不前。這時，阿姨走出來替我開門，她準備出門上班。

太陽打在頂上，讓彼此眼簾底下映有陰影。

我快速經過妳的花園與池塘，如今是一顆木瓜樹和幾盆植栽。面對前院風景的整片落地窗，不透風、不透光，慶祝無數次生日的飯廳積滿雜物。我像是闖進別人家，有點不自在。

客廳的牛皮沙發表面龜裂，看起來蒼老許多。想起以前妳要我保養沙發：先拿抹布擦拭一次才能上油，再用牙刷推開油脂，一點一點讓它吸收。六人座的兩張沙發，整理起來費力又費時。我坐在沙發上，眼前塞滿物品，單人床大小的茶几沒什麼空白之處，卻排列整齊，有種市場攤販的錯覺。

我發現電視櫃旁多了一台古箏，上方牆面仍是阿姨嫁進來那年拍的全家福，她穿著一席黃色婚紗和爸爸一起坐在C位。

這個家或該說這個空間，充斥著我熟悉與我陌生的物件，它們組裝成一台時光機，隨目光轉換時序。

我起身，站在通往二樓的樓梯前，注視著花紋特殊有如地質剖面的漸層磁磚，想起從階梯上滾下來屁股，想起跪在地板擦拭階梯死角的膝蓋。我脫掉布鞋，一階一階爬回過去。

妳房間現在是父親的妻子起居，房裡四散衣物，一疊疊宛如成衣廠。我的腳步止於房門口，彷彿有條名為尊重的線牽制著我。

一階一階，攀上三層樓，我僵直在過去的房門口，端詳變形的木製紗門，遲疑許久才動手開門，「歪咿——」門板摩擦地面，「咔、咔——」喇叭鎖被扭開。

兩隻蟑螂迎接我，不知死了多久，六腳朝天，乾燥的像標本。

傾倒的書櫃和散落一地的書本，髒亂與荒廢猶如精心佈置的現成物雕塑。牆上便利貼寫著：二〇一四，畢業快樂。這間比我租屋處寬敞的大套房，有種戰後遺蹟的氛圍，裡面住著我兒時的鬼魂，閒適的詭異。腦中猛然閃現郭雪湖〈秋江冷豔〉，壯美、惆悵、蒼茫，然而那隻歇息於枯木巢穴中的雉雞已然飛走。我的房間宛若父女關係，停留在某個時間點上，悲愁。

石牆般的腿逐漸柔軟，我無法抗拒空間中的熟悉，蹲下身觀望一疊散落的書本山丘，亟欲找尋一個客觀事件來逃離眼前的表象。隨手抽起一本簿子，裡面寫滿課程筆記，還記錄了和男友的相處與性愛日期，我感到全身不適，無比羞恥。離開前，我把它塞回去傾倒成堆的書本和講義之中。

我抱著一疊老相簿，坐上父親的摩托車，問他有沒有夢到妳，他搖頭。

隔了幾分鐘他才問：「妳有嗎？」

我忘記內容了。

一路上只有風的聲音。我怕胸部碰上爸的背，兩隻手緊握車尾鐵桿，顯露一種對峙。隨後機車停在炸雞店前，看起來很鄉土很便宜的路邊攤，爸爸點了三隻雞翅後一副想起什麼的樣子轉頭問我：「妳要吃一隻嗎？」

「好啊，一隻。」他顧慮我，因此我不願拒絕。

他對老闆娘說：「那再三隻，幫我分兩袋，一袋多一點辣椒粉。」

我頓時明白父親要買給玲玲吃。六隻雞翅，一份地瓜薯條，一百三十元。

陽光下風暖暖的，待在爸爸身後有種回到兒時的感覺。我們經過大街小巷來到一家自助餐，這是每天他替爺爺買晚餐的地方。我跟著他的背影，看他拿起餐盒和夾子然後他轉身望向我：「妳要吃什麼？」

「我請玲玲幫我蒸粽子了。」

「哦，粽子啊，蒸了嗎？好吧。」爸爸說。

我繞了長型保溫鐵架兩圈，人來人往。

父親東挑挑西揀揀，好像市場裡的婦女，南瓜夾兩塊、菜瓜撈一匙、豌豆一點點的盛，他走了兩圈，又兩圈，老闆娘和他打招呼以為他要結帳。

「還沒啦，我還要夾。」他回答，一張臉好老實的樣子。

餐廳內空氣油膩，抽風、換氣全不講究，油鍋裡不斷飄出陣陣煙味，聞得到炸排骨、香酥魚和大雞腿。我走到門外，隔著一大片玻璃望向東挑挑西揀揀的老父親，他的平頭鬈髮有黑有白，從那老虎漩渦中，我彷彿讀到他腦裡的想法，「南瓜多夾兩塊好了，軟的，爸爸比較好咬。」我的視線隨父親的大肚腩走回菜前，他終於在多夾幾塊南瓜後緩緩挪至收銀台。

這家店沒有裝潢，唯獨地板清爽。裏頭吃飯的人見得著生活痕跡——如何夾菜、如何飲食便知如何生活。爸爸收起女人找的錢，將手心裡的二十元放進右邊口袋，微笑濃郁。他輕步移動至飲料和例湯前，索取免費的水份。我被一面牆阻擋，看不見他認真的背影。

我持續窺探自助餐裡的食客和買家，一位婦人傾斜餐盤，手握鐵夾將青椒拾起放入紙盤，一根、一根，好像在確認每一片青椒的來歷與身分。另外幾位獨身飲食的男人，低著頭猛喫，看起來不是品嚐而是填滿胃袋。

下午四點三十分，對晚餐來說有點早，也許用完餐的人還得上工。

沉浸在這方人間劇場，我用目光陪伴一個大男人從坐定到完食，爸爸才出現。這齣迷你劇集讓我不禁懷疑，到底是內用的男人太過狼吞虎嚥，還是我父親在處理飲食上太過精雕細琢？

父親終於又回到我眼前，他滿足的把一袋紅茶、一袋湯和一個餐盒掛上機車的模樣使我心底豪雨氾濫。他不是我印象裡剪破我衣裙的兇狠男子，也不是數落我、給我無比壓力的嚴父，他是一個又老又胖又節儉的孝子。

我對他的怨恨突然消失殆盡。

每當我感到孤單，首先渴望的仍是家庭的溫暖，妳走後這問題又更棘手。

我把妳過世的消息告訴母親，作為曾經的家人，那份獨特的連結——我母親叫過妳一聲媽，甚至那嗓音、語調都猶如在耳。但媽媽沒去給妳拈香，她說：「我還是不要去比較好。」

媽媽關心我兩次，約我見面。我不想外出也不想放棄和她相聚的機會。

「算了算，跟妳和我爸，相見次數恐怕沒我見爺爺奶奶來得多。」我說。

「緣深緣淺吧。」母親這樣回應我。

我跟妳的緣分比較深嗎？一直有個念頭，如果我向父母求助，他們會幫助我嗎？但我需要什麼幫助呢？一個家的感覺，一個真正像家的空間，而且永遠不需要搬離。我能與他們同住嗎？他們明明都在世，為什麼我彷彿早已失去他們？這份雙重孤單感受來自個別面對父親與母親；父親再婚，母親有過多段關係，如果把我的生命歷程以線性對折，他們專注於自己的生活不包含我已經超過十五年了。

「不然妳希望有怎樣的家庭？」母親應該是這樣問的。

「我不知道。」

「妳可以自己組成一個妳想要的家庭。」母親說。

妳離世的兩個多月，好幾部電影陪伴我，一些橋段記在腦裡，幾句台詞刻在心上。

男人跪在榻榻米上，目睹葬儀社粗魯移動遺體，那具屍體是他失聯已久的父親。他大聲喝斥請對方停手，禮儀社的人不解詢問：「你是誰？這名死者沒有家人。」

「他是入殮師，他是我丈夫。」男人的妻子在旁回應。入殮師的妻子原先認為丈夫選擇的職業令家人蒙羞而要離婚，但參與送行儀式後，她不再看不起這份工作。

我在這幕落淚。

《送行者》深深觸動我，想起我們在夜裡賞花，妳說曇花一現，綻放即死亡，要好好欣賞它的美。

死亡是一扇門，穿過它，到另一個世界。

彷彿雨點親吻大地。

意外發現《與瑪格麗特的午後》。電影描繪一名肥胖的中年男人在公園裡認識一位獨居養老院的老婦人，他們通過閱讀傾聽彼此，進而扶持所需。受社會與母親嫌棄的男人，一直無法擺脫童年陰影，他深信自己是不被祝福的誕生，非常自卑。電影尾聲，胖男人的母親死去，他在母親的遺物中，發現母親對自己的愛。

老子似乎說過，是和不是沒有差別，有和無一起來到，前和後彼此相隨，善和惡互相整合隨後互相制衡。我對自己的怨恨有自覺，那怨恨之情便能與我的愛、善良摻和一同；如同《與瑪格麗特的午後》的母子關係吧。

「愛的故事中，並非總是有愛。」[2]

「甚至連一句我愛你都沒有。」[3]

就像我深愛我的母親，我也深信她愛我。

---

2 Dans les histoires d'amour, y a pas toujours que de l'amore.

3 y a même pas de "je t'aime" pourtant.

妳走後我第一次進到戲院，觀賞的是《一個人的朝聖》。[4]

電影以「朝聖」命名，多少有點貼近宗教的意味，不由自主聯想到托爾斯泰的短篇〈兩個老人〉，兩個老人相約去麥加朝聖，途中兩人走散了，其中一位老人遇見斷糧的一家人，便慷慨解囊留下來照顧，最終花完旅費放棄了朝聖直接返家；另一位老人完成了朝聖之旅，卻不見上帝，返家後發現家裡亂成一團。故事尾聲，托爾斯泰告訴讀者一個道理：心中有愛，並秉持著善良的信念，那便是信仰上帝。

《一個人的朝聖》並非傳教片，然而廣義理解「朝聖」——一種尋覓內心深處並思索其意義的過程——貫穿電影所傳遞之「信念」確實接近對人生意義的追求：相信生命，活著。

主角從一封信得知老同事因癌末即將離世，急忙出門欲將回信寄出，卻在多個郵筒前遲疑，直到他聽到加油站商店少女的一席話：「別放棄，」女孩將左手手心貼在胸口，「信念才是最重要的。[5]」主角決定步行八百公里，去拜訪住在安寧病院的老同事，要她不放棄希望，繼續活下去。

---

4 The Unlikely Pilgrimage of Harold Fry, 2023.

5 It's about what's in here.

電影交代這趟「不正常」行動時，我竟已淚流滿面。或許是同樣在安寧照顧的妳才病逝，使我產生投射，但震盪我更多的是主角將理性狠狠忘卻，相信自己信念可以感動上天，救活癌末病患的浪漫。

這趟步行的公路電影捕捉了英格蘭的自然之美，也刻畫了人性良善的一面。幾段偶遇，幾段台詞，都令我為之動容。

主角不顧一切上路的前幾天，首先遇見一位在曬衣服的女人，她說：「你真了不起，大家都覺得走路很簡單，但其實走路不一定簡單，和吃飯、睡覺一樣，就是有的人無法吞嚥，有的人無法睡眠。」他沒有回應。但這個橋段帶出了促成他衝動成行的內在焦慮——他的兒子大衛。

旅程中總穿插大衛的身影，強褓中的大衛、兒時跳舞的大衛、青少年玩耍的大衛、考上劍橋的大衛、酗酒嗑藥的大衛，還有電影接近尾聲，上吊自殺的大衛。這些畫面讓我明白主角憑藉的傻勁，不完全是為了給予癌末同事希望，還綜合了對死去兒子的思念與遺憾。

「他一輩子都在努力不成為我，一事無成的我。」主角說起兒子。

我似乎也一直努力避免成為我的父親或母親，為什麼？看到主角哀愁訴說這句話我感到抱歉，我父母肯定希望生為子女的我能為他們驕傲吧。

整趟旅程，主角受到無數支持也鼓舞無數的人，直到他來到老同事床前，發現昔日老友見到他毫無反應，他無比惆悵。這時，他的妻子出現。他對妻子懺悔：「不知道大老遠來救一個垂死的女人有什麼意義，我連兒子都救不了。」

「你憑著一股傻勁，一個人穿越整個英格蘭，你做到了，這就是你的成就。」妻子驕傲地親吻他。

片尾，鏡頭聚焦在主角送給老同事的紀念品上，玻璃吊飾折射出來的光芒，使得安寧病房內的牆面上多了許多靈動色彩，帶給她無數燦爛。畫面流轉到旅途中遇上的人，光落進他們處在空間裡或照映在他們身上，每個人的表情都柔順祥和。

「我們在哪裡」——我們在生命的哪個階段不見得有答案，但我們必須以我們的直覺相信，人活著是為了經驗一些特殊時刻，那些不顧一切、暫時失敗、痛苦與遺憾，某種逝去或正在等待的關係，因為承諾得以留存。

再見

多數作家寫母親。我寫妳，妳也是我的母親。

時間飛快，妳逝世三個月了。

百日這天，祭拜妳的行程受中颱卡努干擾，颱風假吹動打算沉澱的計畫。

入夜，剛有睡意，難得浮現的微小睏覺，閉上眼思緒又雜亂浮躁。外頭開始颳風，我的住處只有一個小窗戶，光灑不進來，雨聲風聲席捲耳際，重重地隨濕氣落至室內空間，籠罩床褥覆蓋著我。原先焦慮藝術計畫的腦袋，竟如換幕般將過去的妳我搬上舞台，同樣是颱風天，我看著落地窗外搖晃的樹木，花盆裡的花瓣一片片堅強地抵抗墜落，一陣狂雨讓垂死的葉子宣告放棄。

這個印象裡我們只有彼此，這個印象裡妳哼唱著：「天這麼黑，風那麼大……」或許不該說哼唱，而是吟誦，然後我會接上妳的話語：「爸爸捕魚去，怎麼還不回來，聽狂風怒號，真叫我們害怕。」

我在視覺黑境裡感受窗櫺震動，颯颯風嘯，好像巫婆的尖鼻子頂在太陽穴朝耳穴喊叫，並用指尖刮撫我的前額。我不停翻身，左右右左，躲藏不斷進入耳膜的聲響。雨點唏哩花啦讓我想起妳死去那天天空同樣在哭泣，妳的百日也如此，像妳走了又回來。屋子裡的我，緩緩知覺心裡的潮濕。

這段日子，我照常吃喝拉撒睡，失眠的頻率從妳進塔後提高，直到夏至登上百分之百。

我在差不多的時刻上床，閉眼輾轉，偶爾在天亮時入夢，然後在差不多的時間醒來。每天閱讀和寫作，沒什麼特別之處。這團像麵粉無味的日常並沒有發酵成形，甚至不曾放入烤箱或蒸爐。這算是一種異常——我壓抑所以忘記加水、加蛋、加牛奶。

我太常思念妳，像臺北的雨。

眼睛不舒服好一段時間，得出門一趟去眼科。搭乘一小時又十分鐘的公車，城北到城東，街道濕漉漉地有點刺眼。之前有位眼科醫生說我的眼睛五十五歲，然後開給我六瓶眼藥水，紅橙黃綠藍金，要我照三餐點。我和櫃檯小姐說這些藥還給你們。五十五歲的眼睛，我聽見老化，有趣的恐嚇。很多事缺少親身經歷便很難理解或想像，例如大齡箍牙，我體會到飲食不便，經常同理牙口不好的年長者，他們是這般感受嗎？我不確定。

大老遠跑回舊時租屋處附近的眼科，雖然 Google 評論上只有三顆星。

候診室十幾名病患在等待，我檢查時間，一點四十六分，下午門診兩點才受理掛號。排在我前方的婦人和妳差不多高，背部厚實。她的手臂像妳，頸背像妳，手肘鬆弛的贅肉像妳，連穿的運動鞋都像妳。她上身套了一件白色棉衣，下身搭配黑色八分褲，一個尼龍材質的印花托特包，長短兩條黑色背帶，一個掛在左肩，一條斜背於右肩，遠看有點像白衣的造型。她的左手腕壓在包包上，可知裡面放有錢財；她的右手握有一把藍色大傘，收束起來如一支拐杖。

我感覺到她徬徨，四處張望。

直到櫃檯叫她：「健保卡，兩百五十元。」

「現在交嗎？」她掏出健保卡後詢問。這句話刺激我，妳也是用「交」這個動詞，而我習慣說付或給。多麼微不足道的用字差別，我好像聽見一個時代。

婦人繳錢完仍站著，拎著一個市政府贈送的帆布袋，上面寫著「樂活竹北城」，我想過去和她聊天，想關心她眼睛怎麼不舒服，但我克制住了。

颱風走了，天氣晴朗宛如土地從未遭受風雨打擊。

我決定上山拜妳。

睡前查詢農民曆確認時辰，只有巳時為吉適合祭拜。更變在正午探望妳的安排，八點半到早市採買四果，十點十分抵達公墓。同時段有好多組家庭，應有盡有的供品前均安放一張親屬遺照，兩者之間擺上插香的器具，食品鐵罐、塑膠杯或玻璃容器，燃燒的線香立在裡頭。我頓時覺得抱歉，只帶了四果上來是否顯得寒酸？

打開手機裡妳的獨照，放在四果前面，雙手合十，告訴妳我來了。

走近妳的塔位，不巧，同條走道上有組家庭正在和亡親說話。一個女人、兩個孩子、一名外籍婦女和一名年輕男子。我把空間留給他們，一個人四處晃晃，發現除了我，其餘所有人全攜家帶眷。

原來祭祖是團聚的日子，有個理由讓血緣凝聚。

我觀察大家祭拜的方式以及排場。有群看起來像兄弟姊妹的組成，大姐手拉一台大推車，端出一道道素菜再擺上一盤盤水果，各式零食、飲料還有一手台啤，最後放上老夫妻的手繪合照，他們的排場比一般家庭大上一倍，用了整整兩張白鐵折疊桌，和辦桌一樣。他們四個人，兩男兩女一前一後，我聽見他們異口同聲：「爸爸、媽媽，我們來了。」

和煦日照漸漸刺眼，我瞇著一雙眼眺望整座臺北城，沒有傷感。

我聽到有人對親屬的照片說好久不見，有爸爸教導孩子什麼是忌日，還有一位抱狗的女人，她追憶的對象看起來非常年輕。此起彼落的交談毫無喧鬧，莊嚴卻溫馨。

打開妳塔位上的木門，隔著玻璃片凝視粉紅色玉石上妳的容顏，我感到激動。妳真的在裡面嗎？妳的魂魄真的住在這裡嗎？

我學習方才聽見的開場白——好久不見，不知道妳在天上跟著佛祖修行還順利嗎？祝福妳在天上的修行順利。

回到供桌前，我把一顆大水梨、一顆紅蘋果、一顆愛文芒果、一顆白肉火龍果放回袋子。離開時我被一個初來乍到的大家族吸引，他們如宗親會般盛大，但供桌上只擺了一個父親節蛋糕，卡通人物爸爸抽雪茄的造型。許多大人和小孩，還有一名看護攙扶老奶奶。眾多身影中一名高大的男子吆喝大家靠攏，一大群人聚集在那顆可愛的蛋糕前面齊聲高喊：「父親節快樂，爸爸。」

不知道為什麼我笑了出來。他們輕鬆的態度感染了我，彷彿我不在靈骨塔，而是經過某個露天流水席，旁觀整個家族為老父親祝壽。

我想下次和其他家族成員一起上來吧，儘管獨自緬懷妳也很好。

「妳奶奶過世一年了，好快。」

爺爺吞吞吐吐，這句話彷彿也醞釀了一年。沒等到他的眼淚我就先潰堤，望向他同樣遠視的目光如今無淚。空間僅剩Z頻道摔跤聲，我擦乾眼淚：「還沒，四月才一年。」他不能肯定自己的記憶，搖搖頭不理我。

「那天是妳爸爸載我去的，沒有見到最後一面。」爺爺反覆說這段，「我到的時候，她已經走了。」他說妳不能再睜開眼，離他而去了。

怎麼人不在了，反而能持續累積愛意呢？

爺爺說玲玲整理房間時找到我一兩歲時的相簿。翻呀翻呀翻，我的目光停留在妳身上，烏黑鬈髮氣色不佳，一臉病容。妳那時的頭髮是真的嗎？我悲從中來。看到彼時自己對待彼時家人的模樣——我推開爺爺的親吻，一隻小手牽緊妳，許許多多我和妳和爺爺合照，也不少我和爸爸媽媽的合照，一家人和樂融融。原來家庭相簿的意義是提醒曾經，提醒稱之為血緣的連結，提醒那變化多端的愛，以及逝去的所愛。

周芬伶〈創作課〉有段文字很美，「書寫是異己與真我拔河，我們身上存在著另一個迷失本性的自己，是誰讓你撥開迷霧，看見真實的自己，用這真實的目光看世界，或詩意或失意，但都沒關係，我深深地生命就在那裡。」

我回到妳的房間，躺在妳的床上。

妳擁有自己的房間是下半生才開始的事，是妳罹患乳癌那一年的事。妳說乳房全切令妳感到羞恥，於是我逕自聯想那是妳和爺爺分房睡的起點。妳擁有自己的房間以前，廚房應屬妳的個人空間，全部配置均歸妳管，我想到風水上說：廚房等於女主人的身體，正反兩面解讀這句話各具時代意思，女性的位置及女性歸屬的象徵，廚房是妳充滿成就感之地，也是妳下半生拒絕光臨之處。不禁納悶，妳獲得了什麼，又失去了什麼？

我起身坐到妳書桌前，轉動椅子望向衣櫃，瞧見掛於衣帽架上的紅色吹風機，它怎麼不會壞呀，好厲害。我凝視那台紅色吹風機，它連視覺上都好輕盈。小時候我經常想像它爆炸，每次使用都要直視它內在的藍色火焰，光電閃爍，過熱時還直接罷工。有幾次開了沒反應，妳說讓它休息一下。果真，十分鐘後它復活了。熱呼呼的風衝出黑色遮罩，高頻率轟轟轟，聽了有睡意。還很暖和。

我走向它，伸手提起它，插上電源，推動塑膠殼上的黑色開關，轟轟轟，我看進風口，裡頭的打火石每撞擊一次，就閃現一次我們相處的片段。

我掂量那不老實的重量，觸碰不太堅固的感覺，紅色吹風機不朽讓我意識到一種家的象徵。

想起妳不在的第一個農曆年，媽媽問我要不要去她家吃年夜飯，我告訴母親：我想陪爺爺。

父母離異後我不是都跟妳和爺爺過嗎？每年面對朋友關心過年去哪，我都無比尷尬，爸爸的貼心是他不問，孩子願意回家就多擺雙碗筷；媽媽的貼心是她邀請，讓孩子知道有個地方能去熱鬧。他們都給予空間，但那種空間是我選擇其中一方就讓另一方失望的空間。

陪在妳的老伴身邊，家裡沒有家的感覺；我每次回來每次不舒服，不管心理或身體，尤其冷。才明白母親對於整個家是多麼的重要，菜餚有溫度，環境有熱度。小年夜我到家時爺爺剛好在刷牙，他看見我後竟然哽咽了。

我開玩笑地說：「怎麼啦，玲玲打你啊？告訴我是不是受委屈了？」

他沒搭話，嘴角下沉，一副可憐的樣子。我和玲玲交換眼神，不管他。直到我再一次問他：「怎麼啦？剛剛怎麼哭啦？」

「我看到妳高興。」爺爺說。

過了清明，雨點漸藏。臺東往北的列車上，窗外一片春耕後的綠油油，農人擺出稻草人，遠處山嵐慢慢退去。隔著車廂走道，我不自覺偷瞄鄰排的老婦人和小女孩，女孩正用透明塑膠蓋獨享著雞腿。老婦人右手輕拍女孩的背，慢慢吃，我彷彿聽見這句無聲的愛護。

她們擁有一樣的齊耳黑短髮，我猜出自同一雙手，小女孩的髮型多了劉海。她們側面相似，臉頰弧度像小腹微凸。

我不斷瞥望她們，小女孩發現目光，不避諱地和我四目相交，妳看我、我也看妳，沒有任何情緒。

我打開預訂的便當，方型紙盒內排骨瘦小，蔬菜乾扁，唯獨滷蛋看起來入味。我夾起一口白米放進嘴裡，又轉頭看向老婦人和女孩，原來她們共享一個便當。老婦人始終有種擔心孩子吃不飽的神情，偶爾幾句耳語，兩張類似的臉貼在一起。我見到老婦人輕掐女孩的大腿，脂肪軟白很有彈性，那種觸摸方式宛如試探一個剛出爐的小籠包，蕩漾欣喜。她們膝前一人一個登機箱，祖孫兩人要去哪呢？是旅遊回程或是去異地探親的臺東人？

我的視線越過女孩落至老婦人身上，她身著粉色毛衣，打扮毫無農家感，但她臉上的斑明顯經歷過無數個被太陽親吻的歲月，散發出一種溫柔。我觀察她們用一樣的姿勢午睡，一隻手撐著一邊的臉睡去，同個髮型下一臉慈祥、一臉稚嫩。這幅動態的祖孫肖像把我帶回妳身邊，悸動著情感。

妳過世整整一年了。

民俗上有種說法，當全神貫注充滿感性地思念某人時，那個人的靈體會來到身旁，以一種分靈的狀態存在。我旁邊位置空著，彷彿留給妳的靈體。

頂著八月高溫，我抵達妳生前最喜愛的館子。

父親節聚餐，我們點了一整桌的菜，梅干扣肉、桔醬白斬雞、鳳梨蝦球、蒜炒地瓜葉、五更腸旺、蔥爆牛肉。

大家輪流說：「爸，吃啊。」

「玲玲這個妳可以吃喔。」姑姑夾了一塊鳳梨蝦球給她，又說：「媽媽來一定要點這道。」

「其實，這些菜都是媽媽喜歡吃的。」嬸嬸說。

我掉進這兩句話裡，似乎只是妳有事沒來赴約一樣。

餐桌上，妳成為我們的話題。聽說有次妳想吃蔥爆牛肉，姑姑為了妳專程到餐廳外帶一份，來回車程一個小時。

講到妳每個人都流瀉出一種柔軟的神情，有種妳根本在場的錯覺。

我和嬸嬸並肩而坐，微微轉頭偷瞄她，軟軟白白皮膚上長了好多淡淡的曬斑。藏在厚重鏡片底下的眼神充滿思念，那輕巧閃現的哀愁觸動了我。原來妳們的婆媳關係這麼好。

最後上了一道清蒸鱸魚，魚來的時候大家差不多都飽了。爸替爺夾了一點肚子的部位，我也夾了一塊到爸爸碗裡，但他沒有直視我，兩次與他敬茶，他都笑笑迴避我。餐後，我又一次主動和他說話，「抱歉，沒能給你什麼。」我說。爸爸到這句後回我：「不用。希望妳快樂就好。」

妳走後，我們似乎較常聚餐，幾乎每個月一次，而且氣氛一次比一次好。

我想妳應該會感到開心。

到家前遇到警衛，我們攀談了幾句。

「父親節妳為爸爸過，爸爸為爺爺過，幸福啦！」警衛說。

「盡量啦。」我們盡量接近幸福，但我露出一個像是幸福的笑容。

「還有人可以慶祝，幸福啦。」警衛臉上有種孤味。

短短的對話一路尾隨我。

我有意繞了遠路，想把關於家庭的情緒留在陰天裡，想把警衛口中的幸福重新解讀、重新定義、重新品嚐、重新詮釋——有比起沒有幸福太多，願意一起慶祝又比有來得更好。

回望我們已然經歷的，記住該記住的，忘記該忘記的。

妳這生託付給我的事，大概是讓我感受到母愛，從我出生開始，並在妳死後找到來自妳的德範。

我不知道這篇書寫會落入哪種定義之中，畢竟我沒有咬一口瑪德蓮，也沒有傾家蕩產，我所思所想啟動我對妳的探索，某種緣起，從直覺反射的回憶牽動達成自省及修復式的紓解。

妳接受自己無法主宰體內的癌，藉由死亡獲得自由。而我完結一段追憶，無論是告別或壓抑痛苦的經驗，總有種說服自己接受心愛對象死亡事實的虛妄。我用故事串起妳的過去，儘管妳在現實裡消失無蹤。

妳在與不在的書寫，一定程度上的不同；回憶是一種幻想，重現往日產生與事實無關的目的，是對情感的嚮往。

這封萬言家書像是在對妳報告，分享妳曾經活過的與現今未能參與的點點滴滴，也像是把人物後續交代清楚。

妳一樣住在山上，鳥瞰風景，聽我陳述家人近況，爸爸和阿姨到歐洲旅遊，姑姑一家人去越南玩，叔叔回臺休假和嬸嬸走了一趟花東，爺爺和玲玲陪伴著彼此。

最好的寫作，來自你愛的時候。

讀到這句話整整三週之後，我才明白原來自己的書寫全是愛妳的痕跡。

後記

我彷彿選擇性忘記這本書是給活著的人看的。

一直到印刷前我仍對內容感到遲疑，擔心某些片段或文字會讓父母傷心。撰寫「我的記憶」中他們的模樣與曾經，他們和我共度的部分時間被擷取出來放大、被不相關的人閱讀，他們是否會難為情？如果我誠實處理自己，他們作為最重要的參與者是否能接受？一次次校對，一次次調整用詞。

我想利用後記對家人說：抱歉，也謝謝你們支持。

我的愛像霧，不夠晴朗。

爸爸的愛也許是冰塊，而媽媽的愛是風。那些愛都存在，時不時出現，時不時需要。

因為有他們，才誕生出我的愛。

後設地說，我知道第一本書類似回憶錄實在冒險。但內容更偏向一個女人和多個女性在不同年齡、不同位置上的樣態。

面對至親離開，我做了太多事來逃避哀傷，以為自己處理與消化得很好，但其實只是用各種文明的方法讓它過度。我想說，相信愛人的死最終可以變成支撐自己生存與生活的信念，因為那個不存在以最無邊的方式存在。

奶奶到達生命的終點，但人生還沒有結束。我用這本書完成她癌逝前的最後請託：「幫我寫一封信謝謝醫護人員。」

謝謝。

Message 31
祖母親　**Grandmother**

作者　朱仲文
美術設計　劉克韋　dualai.com
版權　吳亭儀、江欣瑜、游晨瑋
行銷業務　周佑潔、賴玉嵐、林詩富、吳藝佳、吳淑華
總編輯　何宜珍
總經理　彭之琬
事業群總經理　黃淑貞
發行人　何飛鵬
法律顧問　元禾法律事務所／王子文律師
出版　商周出版
115 台北市南港區昆陽街 16 號 4 樓
電話：（02）2500-7008／傳真：（02）2500-7579
E-mail：bwp.service@cite.com.tw
Blog：http://bwp25007008.pixnet.net./blog
發行　英屬蓋曼群島商家庭傳媒股份有限公司城邦分公司
115 台北市南港區昆陽街 16 號 8 樓
書虫客服專線：（02）2500-7718／（02）2500-7719
服務時間：週一至週五 09:30-12:00／13:30-17:00
24 小時傳真專線：（02）2500-1990／（02）2500-1991
劃撥帳號：19863813／戶名：書虫股份有限公司
讀者服務信箱：service@readingclub.com.tw
城邦讀書花園：www.cite.com.tw

香港發行所	城邦（香港）出版集團有限公司 香港九龍土瓜灣土瓜灣道 86 號順聯工業大廈 6 樓 A 室 電話：（852）2508-6231 ╲ 傳真：（852）2578-9337 E-mail ：hkcite@biznetvigator.com
馬新發行所	城邦（馬新）出版集團〔Cite（M）Sdn Bhd〕 41, Jalan Radin Anum, Bandar Baru Sri Petaling, 57000 Kuala Lumpur, Malaysia. 電話：（603）9056-3833 ╲ 傳真：（603）9057-6622 E-mail ：services@cite.my
印刷	奇異多媒體印藝有限公司
經銷商	聯合發行股份有限公司 電話：（02）2917-8022 ╲ 傳真：（02）2911-0053
贊助單位	臺北市文化局
出版日期	2024 年 12 月
定價	380 元
ISBN	978-626-390-382-1 9786263903814 (EPUB)

城邦讀書花園
www.cite.com.tw

國家圖書館出版品預行編目（CIP）資料

祖母親／朱仲文作／初版／臺北市：商周
出版／英屬蓋曼群島商家庭傳媒股份有限
公司城邦分公司發行 ,2024.12
352 面；13*19 公分／ Message ; 31
ISBN 978-626-390-382-1（平裝）

863.57 | 113018723